古典詩歌研究彙刊

第十二輯

龔鵬程　主編

第9冊

貫休及其《禪月集》之研究（下）

高　于　婷　著

國家圖書館出版品預行編目資料

貫休及其《禪月集》之研究（下）／高于婷 著 -- 初版 -- 新
北市：花木蘭文化出版社，2012〔民 101〕
目 6+164 面；17×24 公分
（古典詩歌研究彙刊 第十二輯；第 9 冊）
ISBN 978-986-254-905-6（精裝）
1.（唐）釋貫休 2.學術思想 3.唐詩 4.詩評
820.91   101014407

ISBN-978-986-254-905-6

古典詩歌研究彙刊
第十二輯 第 九 冊   ISBN：978-986-254-905-6

貫休及其《禪月集》之研究（下）

作　　者　高于婷
主　　編　龔鵬程
總 編 輯　杜潔祥
出　　版　花木蘭文化出版社
發 行 所　花木蘭文化出版社
發 行 人　高小娟
聯絡地址　新北市永和區中正路五九五號七樓
　　　　　電話：02-2923-1455／傳眞：02-2923-1452
網　　址　http://www.huamulan.tw 信箱 sut81518@gmail.com
印　　刷　普羅文化出版廣告事業
初　　版　2012 年 9 月
定　　價　第十二輯 24 冊（精裝）新台幣 33,600 元
版權所有‧請勿翻印

貫休及其《禪月集》之研究(下)

高于婷　著

目

次

第五章 《禪月集》之藝術表現分析

　　身處詩之盛世，貫休能汲取的詩歌發展成果也異常豐碩，舉凡古體、近體、齊梁體、樂府歌行、偈頌以及各類句式（四言、五言、七言、雜言）都是《禪月集》囊括的詩歌藝術表現；詩人是時代的產物，除了歌詠該時代的興亡，亦受風會〔註1〕所趨而創作出帶著時代性風貌的作品。《文心雕龍・時序》云：「文變染乎世情，興廢繫乎時序」〔註2〕，中晚唐的詩壇嬗變可統攝為元和體、韓孟詩派、元白詩派與姚賈體，一股由政治變亂進而揭起實用文學主張的復歸古道、諷諭時事、以文為詩、通俗白話、苦吟精神等流風襲染中晚唐文壇，貫休為晚唐詩人，這些「苦吟」、「俚俗」、「主意」等時代風範也示現於他的創作，以下分論《禪月集》的創作形式、主要風格、遣詞用字與修辭特色。

第一節　詩歌創作形式分類

　　貫休詩歌創作體式豐富多元，是個勇於嘗試各類詩體的作家，以

〔註1〕 所謂風會者：一、為有力者之提倡；二、為大詩人所標尚；三、為當時社會所流行，有此三因皆能構成風會。見孫克寬編：《分體詩選附：學詩淺說》之「學詩淺說」（台北：台灣學生書局，1983年），頁10。

〔註2〕 〔南朝梁〕劉勰著、周振甫注：《文心雕龍注釋》「時序第四十五」（台北：里仁書局，1998年），頁816。

下歸納《禪月集》囊括的詩歌藝術表現形式並進行分類說明。

一、古體詩：秉樸質從容之調

　　古體詩指的是產生於唐代以前，並和唐代近體詩相對的一種詩體。古體詩相對於近體詩而言，不論在格律、篇幅或句式上都較為自由，有四言、五言、七言、雜言等多種形式，容量也比近體詩來得寬闊，這或者也是貫休樂於以古體抒發滿腹感懷、暢言理想抱負的原因。

　　貫休作有四言古詩，四言乃《詩經》語言的基本體裁，《禪月集》有三首四言古風，作於對蜀主王建附歸、生日頌德與期勉之場合，分別為〈大蜀高祖潛龍日獻陳情偈頌〉〔註3〕、〈大蜀皇帝壽春節進堯銘舜頌二首〉〔註4〕，內容娓娓道出自己下山附歸蜀地的原由乃「聞蜀風境，地寧得一」、「穆穆蜀俗，整整師律」，也於歌功頌德中期勉王建秉堯舜之德，行大道於天下「大道將行，天下為公。臨下有赫，選賢用能。吾皇則之，無斁無逸。」，依四言正體「以雅潤為本」〔註5〕觀之，這些四言古詩其內容與形式的配合仍不失雅正本質。

　　也作有五言古詩，論其體「五言流調，清麗居宗」〔註6〕，舉例〈古意九首‧一雨火雲盡〉與〈古意代友人投所知〉觀之：

　　　　一雨火雲盡，閉門心冥冥。蘭花與芙蓉，滿院同芳馨。
　　　　佳人天一涯，好鳥何嚶鳴！我有雙白璧，不羨於虞卿。
　　　　我有徑寸珠，別是天地精。玩之室生白，瀟灑身安輕。
　　　　只應天上人，見我雙眼明。〔註7〕

　　　　青松雖有花，有花不如無。貧井泉雖清，且無金轆轤。

〔註3〕　陸永峰：《禪月集校注》卷五〈大蜀高祖潛龍日獻陳情偈頌〉，頁98。
〔註4〕　陸永峰：《禪月集校注》卷五〈大蜀皇帝壽春節進堯銘舜頌二首〉，頁94。
〔註5〕　〔明〕徐師曾：《文體明辨序說》「四言古詩」，收錄於《文體序說三種》（台北：大安出版社，1998年），頁49。
〔註6〕　〔明〕徐師曾：《文體明辨序說》「五言古詩」，收錄於《文體序說三種》，頁55。
〔註7〕　陸永峰：《禪月集校注》卷二〈古意九首‧一雨火雲盡〉，頁21。

　　客從遠方來，遺我古銅鏡。挂之玉堂上，如對軒轅聖。

　　天龍睡坤腹，土蝕金鬣綠。因知燕趙佳人顏似玉，不得此

　　鏡終不得。〔註8〕

此二首五言古體寫得清雅有餘、語言質實，其他像寫乾坤有清氣、古交
如眞金、以美人託諭君主、自詡心志高潔、省思榮辱或推舉謝靈運、李
白等，都能秉持樸質的語言風格寫清新優美之調，並取得渾成之氣象。

　　七言古詩「聲長字縱，易以成文，故蘊氣瑰辭，與五言略異」〔註9〕，
七言句式多爲樂府歌行所採用，然而古詩與樂府歌行的體調畢竟有別，
樂府歌行貴抑揚頓挫，古詩則優柔和平，循守法度〔註10〕，貫休的七言
古詩多從容平和之作，舉〈書匡山老僧菴〉、〈寒月送玄道士入天台〉爲
例觀之：

　　簹簹紅實好鳥語，銀鬃瘦僧貌如祖。

　　香煙濛濛衣上聚，冥心縹緲入鐵圍。

　　白黌作夢枕藤屢，東峰山媼貢瓜乳。〔註11〕

　　之子逍遙塵世薄，格淡於雲語如鶴。

　　相見唯譚海上山，碧側青斜冷相沓。

　　芒鞋竹杖寒凍時，玉霄忽去非有期。

　　僮擔赤籠密雪裏，世上無人留得之。

　　想入紅霞路深邃，孤峰縱嘯仙飆起。

　　星精覷空泣海鬼，月湧薄煙花點水。

　　送君丁寧有深旨，好尋佛窟遊銀地。

　　雪眉衲僧皆正氣，伊昔貞白先生同此意。

　　若得神聖之藥，即莫忘遠相寄。〔註12〕

〈書匡山老僧菴〉氣息質樸和諧，即便如〈寒月送玄道士入天台〉那

〔註8〕　陸永峰：《禪月集校注》卷三〈古意代友人投所知〉，頁50。

〔註9〕　〔明〕徐師曾：《文體明辨序說》「七言古詩」，收錄於《文體序說三
　　　　種》，頁56。

〔註10〕　〔明〕徐師曾：《文體明辨序說》「七言古詩」，收錄於《文體序說三
　　　　種》，頁56。

〔註11〕　陸永峰：《禪月集校注》卷三〈書匡山老僧菴〉，頁59。

〔註12〕　陸永峰：《禪月集校注》卷五〈寒月送玄道士入天台〉，頁103。

樣令人黯然銷魂的離別都能娓娓叮嚀並秉持平和心緒，頗有七言古詩耐人涵詠之韻致。

　　雜言古詩美在錯綜，黃永武先生云錯綜的句式能「使文句變化，又能增強筆力」〔註13〕，雜言詩適合敘事與抒發複雜澎湃的情思，也因長短參差的句式而使詩歌鏗鏘有力。貫休的雜言詩除去樂府歌行部分約有二十餘首，舉〈聞前王使君在澤潞居〉為例觀之：

> 為善無近名，竊名者得聲不如心。誠哉是言也！使君聖朝瑞。乾符初刺婺。德變人性靈，筆變人風土。煙霞與蟲鳥，和氣將美雨。千里與萬里。合合來相附。信哉有良吏，玄識應百數。古人古人自古人，今日又見民歌六七褲。不幸大寇崩騰來，孤城勢孤固難錮。攀轅既不及，旌旆衝風露。大駕已西幸，飄零何處去？婺人空悲哀，對生祠泣霑莓苔。忽聞暫寄河之北，兵強四面無塵埃。唯祝鑾輿早歸來，用此咨繇仲甤才。使四海霧廓，八宏鏡開。皇天無親，長與善鄰。宜哉宜哉！〔註14〕

此詩為「四、五、七、八、九」言組成的雜言古詩，勸人為善無近名，也讚賞王慥為不可多得的良吏，還感慨黃巢寇賊為亂，希望君主歸來能善用像王慥使君這樣的賢才使國運日隆，最後發出「皇天無親，長與善鄰」這樣的諭世箴言。整體觀之，有論有慨，頓挫有餘。而貫休的雜言詩也吸取了楚辭的句式，以「兮」字表情或調整節奏〔註15〕，如〈杞梁妻〉：

> **秦之無道兮四海枯，築長城兮遮北胡。**
> 築人築土一萬里，杞梁貞婦啼鳴鳴。
> **上無父兮中無夫，下無子兮孤復孤。**
> 一號城崩塞色苦，再號杞梁骨出土。

〔註13〕黃永武：《字句鍛鍊法》（台北：洪範書店，2002年），頁185。
〔註14〕陸永峰：《禪月集校注》卷五〈聞前王使君在澤潞居〉，頁118。
〔註15〕騷體以「兮」字延長語氣有表情作用，也能起到調整節奏的功能。見褚斌杰主編：《《詩經》與楚辭》（北京：北京大學出版社，2003年），頁165。

　　疲魂飢魄相逐歸，陌上少年莫相非。〔註16〕

另，貫休還有許多雜言的優秀之作屬樂府歌行，以下接續探討。

二、樂府歌行：承風刺氣縱之格

　　《禪月集》裡的樂府詩分古樂府與新樂府。貫休以樂府古題創作約三十首作品抒發興感，若將這些擬樂府古題詩的創作主旨對照《樂府古題要解》〔註17〕來看，大致不出原解，秉古題古意，如貫休的〈善哉行〉言知音〔註18〕、〈野田黃雀行〉言知命不憂〔註19〕、〈戰城南〉言戰事之苦辛〔註20〕、〈臨高臺〉言臨望傷情〔註21〕、〈上留田〉言倫常敗壞〔註22〕、〈擬君子有所思〉言戒驕忌滿〔註23〕、〈夜夜曲〉言征婦獨自憂傷〔註24〕、〈陽春曲〉言傷時〔註25〕、〈行路難〉言世道艱難〔註26〕、〈輕

〔註16〕陸永峰：《禪月集校注》卷一〈杞梁妻〉，頁9。
〔註17〕〔唐〕吳兢：《樂府古題要解》（濟南：齊魯書社，1997年）。
〔註18〕《樂府古題要解》〈善哉行〉：「右古詞：『來日大難，口燥脣乾。』言人命不可保，當樂見親友，且求長生術，與王喬八公遊焉。又魏文帝詞云：『有美一人，婉如清揚。』言其妍麗，知音識曲，善為樂方，令人忘憂。此篇諸集所出，不入《樂志》。」
〔註19〕《樂府古題要解》〈野田黃雀行〉：「右晉樂奏魏曹植『置酒高殿上』，始言豐膳樂飲，盛賓主之獻酬；中言歡樂極而悲，嗟盛時不再；終歸於知命而不復憂焉。」
〔註20〕《樂府古題要解》〈戰城南〉：「右其詞大略言『戰城南，死郭北』，野死不得葬，為烏鳥所食，願為忠臣，朝出攻戰而暮不得歸也。」
〔註21〕《樂府古題要解》〈臨高臺〉：「右古詞，大略言『臨高臺，下有清水清且寒。江有香草目以蘭，黃鵠高飛離哉翻。開弓射鵠，令吾主壽萬年』。若齊謝朓『千里常思歸』，但言臨望傷情而已。」
〔註22〕《樂府古題要解》〈上留田〉：「右舊說上留田，地名，此地人有父母死，不字其孤弟者。鄰人為弟作悲歌，以諷其兄，因以地名為曲。蓋漢代人也。」
〔註23〕《樂府古題要解》〈君子有所思行〉：「右陸機『命駕登北山』、鮑昭『西山登雀臺』、沈約『晨策終南首』，其旨言雕室麗色，不足為久歡，晏安酖毒，滿盈所宜敬忌，與《君子行》異也。」
〔註24〕《樂府古題要解》〈夜夜曲〉：「右皆言獨處自傷之意也。」
〔註25〕《樂府古題要解》〈陽春曲〉：「右傷時也。」
〔註26〕《樂府古題要解》〈行路難〉：「右備言世路艱難及離別悲傷之意，多以『君不見』為首。」

薄篇〉和〈少年行〉言王公子弟輕浮爲樂之行徑〔註27〕、〈蒿里曲〉言戰亂傷亡之哀歌〔註28〕、〈擬苦寒行〉言冰雪之苦〔註29〕、〈苦熱寄赤松道者〉言酷熱之苦〔註30〕等，其意旨歸遵古題，饒有古意。

除了古題樂府，自中唐以降「即事名篇，不復依傍」的新樂府，貫休也多有作品。貫休是個入世甚深的僧侶，對社會問題亦有揭弊精神，新樂府「辭質而徑，欲見之者易諭也；其言直而切，欲聞之者深誡也；其事覈而實，使采之者傳信也」〔註31〕的現實精神，尤其針對上位者爲諷刺對象，並以時政、民生、世風爲諷諭主題的即事名篇之作，很能讓他揮灑對社會不公的觀察、對百姓苦痛的憐憫。《禪月集》裡以新樂府形式對世態作針砭諷刺之作約有五十首，以下舉例說明貫休新樂府之命題要旨：

砭刺王公貴族的豪奢，凸顯社會階層的巨大落差，如〈富貴曲二首〉之二：

> 如神若仙，似蘭同雪。樂戒於極，胡不知輟？只欲更綴上落花，恨不能把住明月。太山肉盡，東海酒竭。佳人醉唱，敲玉釵折。寧知耘田車水翁，日日日炙背欲裂？〔註32〕

譴責酷吏壓榨百姓，如〈酷吏詞〉：

> 霰雨濔濔，風吼如勗。有叟有叟，暮投我宿。吁歎自語，云太守酷。如何如何，掠脂幹肉。吳姬唱一曲，等閑破紅

〔註27〕《樂府古題要解》〈輕薄篇〉：「右言乘肥衣輕，馳逐經過爲樂。與《少年行》同意。」

〔註28〕《樂府古題要解》〈薤露歌亦曰《薤露行》。蒿里傳亦曰《蒿里什》。亦曰泰山吟行〉：「右喪歌。舊曲本出於田橫門人，歌以葬橫。……至漢武帝時，李延年分爲二曲，《薤露》送王公貴人，《蒿里》送士大夫庶人，挽柩者歌之，亦呼爲《挽柩歌》。……」

〔註29〕《樂府古題要解》〈苦寒行〉：「右晉樂奏魏武帝「北上太行山」，備言冰雪溪谷之苦。或謂《北上行》，蓋因魏武帝作此詞，今人效之。」

〔註30〕《樂府古題要解》〈苦熱行〉：「右備言流金鑠石火山炎海之艱難也，亦有《苦寒行》，在前相和曲。」

〔註31〕〔唐〕白居易著、朱金城箋校：《白居易集箋校》卷三〈新樂府并序〉，頁136。

〔註32〕陸永峰：《禪月集校注》卷一〈富貴曲二首〉之二，頁19。

束。韓娥唱一曲，錦段鮮照屋。寧知一曲兩曲歌，曾使千
人萬人哭？不惟哭，亦白其頭，饑其族。所以祥風不來，
和氣不復，蝗乎賊乎，東西南北。〔註33〕

憂懷世道人心，如〈對月作〉：

今人看此月，古人看此月。如何古人心，難向今人說。古
人求祿以及親。及親如之何？忠孝爲朱輪。今人求祿唯庇
身。庇身如之何？惡木多斜文。斜文復斜文，顛室何紛紛！

〔註34〕

還有許多爲廣大庶民發聲的作品，書寫對象有農人、養蠶婦、樵叟、
戰士、離家遊子等，如〈田家作〉〔註35〕悲切農人的稼而不穡、〈偶
作五首〉之一〔註36〕寫養蠶婦被重賦剝削無暇顧兒的愁怨、〈樵叟〉
〔註37〕則刻劃樵夫饑瘦寒苦的樣貌、〈古塞曲〉〔註38〕系列寫戰爭對
士兵造成的身心壓力、〈嘲商客〉〔註39〕則寫離家遊子漂泊無依之苦。

這些樂府作品都是新題新旨，是《禪月集》裡極具價值的一類作
品，有以詩存史的高度，風格也保持古樂府民歌的樸質，語言更加激切。
貫休也以新樂府寫了多首以古鑑今之作，如〈洛陽塵〉〔註40〕以石崇之
典寄寓樂極生悲、〈陳宮詞〉〔註41〕以前朝荒淫落得亡國下場引戒、〈經
古戰場〉〔註42〕言戰爭對地理經濟的重創、〈讀唐史〉〔註43〕則諫國君
用賢。這些都是立意深遠的寫實文學，在中唐安史之亂唐祚走下坡之
際，於張籍、王建、杜甫、白居易、劉禹錫等文士接竿而起的新樂府運

〔註33〕陸永峰：《禪月集校注》卷二〈酷吏詞〉，頁29。
〔註34〕陸永峰：《禪月集校注》卷三〈對月作〉，頁66。
〔註35〕陸永峰：《禪月集校注》卷二〈田家作〉，頁36。
〔註36〕陸永峰：《禪月集校注》卷五〈偶作五首〉之一，頁115。
〔註37〕陸永峰：《禪月集校注》卷六〈樵叟〉，頁146。
〔註38〕陸永峰：《禪月集校注》卷十一〈古塞曲三首〉〈古塞下曲七首〉〈古
　　　塞上曲七首〉〈古出塞曲三首〉，頁231～238。
〔註39〕陸永峰：《禪月集校注》卷四〈嘲商客〉，頁76。
〔註40〕陸永峰：《禪月集校注》卷一〈洛陽塵〉，頁18。
〔註41〕陸永峰：《禪月集校注》卷二〈陳宮詞〉，頁32。
〔註42〕陸永峰：《禪月集校注》卷二〈經古戰場〉，頁33。
〔註43〕陸永峰：《禪月集校注》卷六〈讀唐史〉，頁145。

動，貫休算是晚唐的一員，也由於他的樂府作品取得了優秀成就，因此受到後蜀何光遠關注之「多爲古體，窮盡物情」〔註44〕，辛文房《唐才子傳》亦評「樂府古律，當時所宗」〔註45〕，可見貫休秉寫實精神寫作的一系列樂府詩在當時頗受矚目。

　　另，貫休的歌行體約有四首，〈觀懷素草書歌〉〔註46〕、〈杜侯行〉〔註47〕、〈還舉人歌行卷〉〔註48〕、〈讀顧況歌行〉，綜觀來看氣勢縱橫、筆力奔放、風格雄渾，如〈讀顧況歌行〉：

> 雪泥露金冰滴瓦，楓樫火著僧留坐。忽覩逋翁一軸歌，始覺詩魔辜負我。花飛飛，雪霏霏，三珠樹曉珠累累。妖狐爬出西子骨，雷車拶破織女機。憶昔鄱陽寺中見一碣，逋翁詞兮逋翁札。庾翼未伏王右軍，李白不知誰擬殺。別，別，若非仙眼應難別。不可說，不可說，離亂亂離應打折。
> 〔註49〕

此詩在前面放情長言後，末了以一一七、三三七的錯綜句式作結，大有馳騁之餘猛然住腳的頓挫聲情，猶有餘韻。而貫休的歌行體常有想像力奇崛的句子，如此詩有「妖狐爬出西子骨，雷車拶破織女機」、〈觀懷素草書歌〉有「我恐山爲墨兮磨海水，天與筆兮書大地」、〈還舉人歌行卷〉有「蜀機鳳雛動蠪蠪，珊瑚枝枝撐著月」，因這些壯美又極富想像力的句子，讓貫休的歌行體讀來予人奇特不凡的動魄之美。

三、近體詩：具中晚唐俚散特色

　　近體分爲絕句、律詩，《禪月集》裡的近體詩約有585首，佔總數的80%，其中五言律詩約340首，七言律詩約140首，爲《禪月集》的主要創作體式。貫休爲晚唐詩人，處於詩歌發展的巔峰時期，律詩在

〔註44〕〔蜀〕何光遠：《鑒誡錄》，頁34。
〔註45〕〔元〕辛文房著、傅璇琮校箋：《唐才子傳校箋》卷第十，頁442。
〔註46〕陸永峰：《禪月集校注》卷六〈觀懷素草書歌〉，頁135。
〔註47〕陸永峰：《禪月集校注》卷五〈杜侯行〉，頁113。
〔註48〕陸永峰：《禪月集校注》卷二〈還舉人歌行卷〉，頁31。
〔註49〕陸永峰：《禪月集校注》卷三〈讀顧況歌行〉，頁60。

古風的「放」與絕句的「收」之間取得中庸的美學體驗，尤其它在聲律與對仗方面都有嚴格要求，因此成了喜好鍛字鍊句、有吟癖的晚唐詩人們用力的標的，貫休作有大量律詩，想必在詩歌藝術的追求上亦是如琢如磨。在貫休的近體詩作中，有幾點值得關注的特色，以下舉詩例說明。

首先，貫休詩常見打破五言「上二下三」、七言「上四下三」的常規，而代之以散文或與散文接近的節奏組成詩句，如：

五言

節／亦因人淨，聲／從擲地彰。（〈詠竹根玫子〉）〔註50〕

無機心／便是，何用／話歸休？（〈寄栖一上人〉）〔註51〕

二子／依／公子，雞鳴狗盜／徒。（〈懷錢唐羅隱章魯封〉）〔註52〕

所以／那／老人，密傳／與／迦葉。（〈聞無相道人順世五首〉之五）〔註53〕

子／愛／寒山子，歌／唯／樂道歌。（〈寄赤松舒道士二首〉之一）〔註54〕

七言

武夷山／夾／仙霞薄，螺女潭／通／海樹春。（〈送鄭閣赴閩辟〉）〔註55〕

尋／班超傳／空垂淚，讀／李陵書／更斷腸。（〈霸陵戰叟〉）〔註56〕

行人／莫訝／頻回首，家／在／凝嵐一點中。（〈馬上作〉）〔註57〕

淚／不曾垂／此日垂，山前／弟妹塚／離離。（〈經弟妹墳〉）

〔註50〕陸永峰：《禪月集校注》卷八〈詠竹根玫子〉，頁179。

〔註51〕陸永峰：《禪月集校注》卷十一〈寄栖一上人〉，頁230。

〔註52〕陸永峰：《禪月集校注》卷九〈懷錢唐羅隱章魯封〉，頁203。

〔註53〕陸永峰：《禪月集校注》卷九〈聞無相道人順世五首〉之五，頁191。

〔註54〕陸永峰：《禪月集校注》卷十一〈寄赤松舒道士二首〉之一，頁226。

〔註55〕陸永峰：《禪月集校注》卷二十〈送鄭閣赴閩辟〉，頁413。

〔註56〕陸永峰：《禪月集校注》卷二十一〈霸陵戰叟〉，頁21。

〔註57〕陸永峰：《禪月集校注》卷十九〈馬上作〉，頁400。

〔註58〕

　　吾師／別是／醍醐味，不是／知心人／不知。(〈禪師〉) 〔註59〕

句法變奏是貫休近體詩的主要特色，詩人以各式的組合可能，自由的
進行創作，在近體詩嚴謹的創作規範下脫格而出，使得貫休的句法顯
得多元活潑，也更加接近白話口語。

　　再者，使用虛字造成詩歌散化的效果，也是這些近體詩遣辭用字
上鮮明的特色，如：

　　祗應詼佞者，到此不傷神。(〈晚泊湘江作〉) 〔註60〕

　　雖稱李太白，知是那星精。(〈觀李翰林真二首〉之一) 〔註61〕

　　且有諸峰在，**何將**一第吁？(〈讀劉得仁賈島集二首〉之一)

〔註62〕

　　若遊三點外，**爭把**七賢平。(〈聞大願和尚順世三首〉之三) 〔註63〕

　　吾徒**若不得**，天道**即應**私。(〈聞葉蒙及第〉) 〔註64〕

　　不緣懷片善，**豈得**近馨香？(〈詠竹根玟子〉) 〔註65〕

　　理唯通至道，人**或謂**無端。(〈鄂渚逢楊贊禹〉) 〔註66〕

　　一從麟筆題墙後，**常祗**冥心古像前。(〈酬王相公見贈〉) 〔註67〕

近體詩在杜甫、韓愈等人有意識的以虛詞或散文句式組構的開拓下，
掀起中晚唐以降一股散文化的白話詩風，眾多赫赫有名的詩家都有此
類風格的作品，如李商隱、杜荀鶴、羅隱〔註68〕等。貫休亦為此流脈

〔註58〕陸永峰：《禪月集校注》卷十九〈經弟妹墳〉，頁390。

〔註59〕陸永峰：《禪月集校注》卷二十二〈禪師〉，頁447。

〔註60〕陸永峰：《禪月集校注》卷七〈晚泊湘江作〉，頁151。

〔註61〕陸永峰：《禪月集校注》卷七〈觀李翰林真二首〉之一，頁150。

〔註62〕陸永峰：《禪月集校注》卷七〈讀劉得仁賈島集二首〉之一，頁154。

〔註63〕陸永峰：《禪月集校注》卷十二〈聞大願和尚順世三首〉之三，頁248。

〔註64〕陸永峰：《禪月集校注》卷十二〈聞葉蒙及第〉，頁249。

〔註65〕陸永峰：《禪月集校注》卷八〈詠竹根玟子〉，頁179。

〔註66〕陸永峰：《禪月集校注》卷十一〈鄂渚逢楊贊禹〉，頁227。

〔註67〕陸永峰：《禪月集校注》卷十九〈酬王相公見贈〉，頁397。

〔註68〕如李商隱〈題僧壁〉「大去便應欺粟顆，小來兼可隱針鋒」、杜荀鶴
　　　　〈出山〉「處世曾無過，惟天合是媒」、羅隱〈曲江春感〉「聖代也知

之一員，甚至在白話之餘還添「俚俗」，有關貫休詩散化俚白的風格與承繼這部分，留待下一節「風格特色」再行申論。

又，貫休作有排律約二十首，通常排律多用於投獻應酬，因此寫法多以大量對偶來鋪陳辭采和氣勢，也多堆砌典故，使得排律常有喪真或炫才之貶評，少見佳作。貫休使用排律創作確有投獻應酬之目的，也不免行歌功頌德和政治進言，如〈上孫使君〉〔註69〕、〈送盧舍人朝覲〉〔註70〕、〈壽春節進〉〔註71〕、〈賀鄭使君〉〔註72〕、〈蜀王入大慈寺聽講〉〔註73〕等。然而，他也使用排律鋪陳了數首情真意切的悼亡和憂切國運之作，如〈聞赤松舒道士下世〉〔註74〕、〈避地毗陵上王慥使君〉〔註75〕、〈贈抱麻劉舍人〉〔註76〕等，還以排律寫下〈讀玄宗幸蜀記〉〔註77〕直陳安史之亂的始末與造成的王室衰頹，期以史爲鑑。總括來看，貫休的排律不獨應酬成分，還能有真性情之作，其整體架構也井然有序，體制完整。

四、齊梁體：追求精鍊之詩藝

齊梁體在晉朝陸機《文賦》「詩緣情而綺靡」、「理扶質以立幹，文垂條而結繁」之內容與形式並重的號召下，以及齊梁君主皆好藝文的風行草偃下孕育而生，也是文學流變從漢魏重文章內容轉而重修辭形式的重要發展里程碑。齊梁體的藝術特色鮮明，陳子昂曾云「僕嘗暇觀齊梁間詩，彩麗競繁，而興寄都絕。」〔註78〕可知齊梁體最爲人

無棄物，侯門未必用非才」。
〔註69〕陸永峰：《禪月集校注》卷三〈上孫使君〉，頁67。
〔註70〕陸永峰：《禪月集校注》卷十三〈送盧舍人朝覲〉，頁272。
〔註71〕陸永峰：《禪月集校注》卷十〈壽春節進〉，頁330。
〔註72〕陸永峰：《禪月集校注》卷二十四〈賀鄭使君〉，頁476。
〔註73〕陸永峰：《禪月集校注》卷十九〈蜀王入大慈寺聽講〉，頁384。
〔註74〕陸永峰：《禪月集校注》卷十一〈聞赤松舒道士下世〉，頁239。
〔註75〕陸永峰：《禪月集校注》卷十四〈避地毗陵上王慥使君〉，頁306。
〔註76〕陸永峰：《禪月集校注》卷十一〈贈抱麻劉舍人〉，頁241。
〔註77〕陸永峰：《禪月集校注》卷八〈讀玄宗幸蜀記〉，頁185。
〔註78〕陳子昂〈與東方左史虯修竹篇并序〉，見《全唐詩》卷83，頁896。

所關注之特色乃在於文采綺麗，又繼之永明之世的沈約《四聲譜》、周顒《四聲切韻》、王斌《四聲論》等聲律說陸續提出，於是齊梁體在文字與聲韻的修辭上都追求精工的美感。綜合觀之，齊梁體的藝術特色可歸納爲辭藻華美、聲律和諧、用典繁富、對偶精工以及修辭鍊字力求超俗奇特〔註79〕。

　　貫休也有九首擬齊梁體詩，分別是〈擬齊梁酬所知見贈二首〉〔註80〕、〈閑居擬齊梁四首〉〔註81〕、〈擬齊梁體寄馮使君三首〉〔註82〕。首先，辭藻華美是顯而易見的特色，如「佳人忽有贈，滿手紅琅玕」、「美如仙鼎金，清如仙手琴」、「煌煌發令姿，珂佩鳴丁冬」、「露益蟬聲長，蕙蘭垂紫帶」，這些句子文辭華麗，明顯雕琢藻飾，與貫休常寫的那些樸質肯切之詩歌語言大異其趣，卻也顯見他願意在詩歌風格上嘗試各種不同範式。

　　在聲律方面，這九首擬齊梁體詩宮商和諧、韻腳分明，讀來音韻諧美。值得一提的是，詩人在這些擬齊梁體詩裡運用多組雙聲疊韻之詞，如雙聲者「本是**燒畬**輩」、疊韻者「**縹緲**不可尋、爽籟生**古木**、**芳香**入屏帷、還如**鳥巢**空、珂佩**鳴丁冬**、何以當**清風**」，大大提升詩歌的韻律美。《貞一齋詩說》云：「疊韻如兩玉相扣，取其鏗鏘；雙聲如貫珠相聯，取其宛轉。」〔註83〕，鏗鏘、宛轉皆使韻文富有節奏感，這對齊梁體詩在聲律上的追求極爲重要，貫休的這九首擬齊梁體即致力於音韻上的諧美。

　　在修辭鍊字方面，求奇超俗是齊梁體追求形式美的一環表現。如

〔註79〕此特色歸納參考盧清青：《齊梁詩探微》第三章「齊梁詩的藝術成就」（台北：文史哲出版社，1984 年）、陳松雄：《齊梁麗辭衡論》第二章「齊梁麗辭之特色」（台北：文史哲出版社，1986 年）。

〔註80〕陸永峰：《禪月集校注》卷二〈擬齊梁酬所知見贈二首〉，頁 32。

〔註81〕陸永峰：《禪月集校注》卷三〈閑居擬齊梁四首〉，頁 53。

〔註82〕陸永峰：《禪月集校注》卷三〈擬齊梁體寄馮使君三首〉，頁 57。

〔註83〕〔清〕李重華：《貞一齋詩說》，收錄於續修四庫全書編纂委員會編：《續修四庫全書》第 1701 冊　集部　詩文評類，頁 185。

「聯邊」，《文心雕龍‧鍊字》云：「聯邊者，半字同文者也。狀貌山川，古今咸用，施於常文，則齟齬爲瑕，如不獲免，可至三接，三接之外，其字林乎！」〔註84〕以偏旁相同的文字串聯使用，看來劉勰是極不認同的，他認爲連用三個聯邊字不就成了字典了？然而，若以眾數爲美的視角來看，聯邊字接連出現確實可產生視覺上的美感，貫休這九首擬齊梁體詩即使用了眾多的聯邊字詞，如「滿手紅**琅玕**、將行爲**羽翰**、慚無英**瓊瑤**、**縹緲**不可尋、**蟋蟀**啼**壞墻**、**萱草**何離離、雨氣增**慵憻**、玉**露霑**毛衣、支策到**江湄**、殘雲**落林藪**、清氣生**滄洲**、未如**旌旂**紅、**蕙蘭**垂紫帶、秋空共**澄潔**、雪林**枯槁**者」，陳松雄的研究指出齊梁文士好用聯邊法鍊字，是齊梁麗辭之積習〔註85〕，貫休擬齊梁詩風創作的這九首詩歌，也進行了一場追求美感的文字遊戲。再者，回文的使用也常見於齊梁體詩歌中，可形成迴旋往復餘韻不窮的詠嘆之美，這九首擬齊梁體詩也有回文的用法，如「南枝復北枝、釋手復在手、古意深復深」，黃永武先生曾揭示過回文能得「首尾迴環的情趣，形成一種新美的氣氛」〔註86〕，依此看來也有民歌清新雋永的美感。

在用典方面，齊梁體詩擅於以典故入詩，不但能展現博學的才度，也能增進詩質的厚度，然而過度使用卻也容易讓人感到炫才或使詩歌失眞，致使詩義隱晦、詩意銳減。貫休在這九首擬齊梁體詩中也嘗試用典，明用「**孫登**嘯一聲，縹緲不可尋」、「終召**十七人**，雲中備香火」、「賴逢富人侯，眞**東晉諸公**」、「慚非**衛霍**松，何以當清風」、「頻接**謝公**棋，輸多未曾賽」，暗用「**放鶴**久不歸，不知更歸否？」，詩人以三國魏隱士孫登、東晉廬山慧遠等十八人共結蓮社、東晉玄學名士、漢朝抗擊匈奴的名將衛青、霍去病、東晉謝安以及東晉支頓放鶴的典故，來增進意義傳達的簡約有效，並提升創作的才度。

〔註84〕　〔南朝梁〕劉勰著、周振甫注：《文心雕龍注釋》「鍊字第三十九」，頁722。
〔註85〕　陳松雄：《齊梁麗辭衡論》，頁146。
〔註86〕　黃永武：《字句鍛鍊法》，頁91。

　　總括來看，《禪月集》裡的齊梁體詩雖作品不多，卻能一窺貫休在詩歌創作上勇於嘗試的精神，尤其這些擬齊梁體詩的寫作目的主要為贈酬「所知」和「馮使君」，可見貫休與其詩友是有創作技巧上的交流的，尤其齊梁體詩的重形式美感特色宜於技巧上的琢磨，故這些作品的存在肯定了貫休作詩曾於技巧上下過苦心、費過功夫，也是他和詩友往來切磋詩藝的佳證。

五、偈頌、箴言：示現禪師之本色

　　貫休有偈頌類作品約五首，偈頌的目的在宣揚佛之精義，因此內容言理，覃召文先生指出「偈頌之質不重在『美』，而重在『了』，這正是偈頌與詩歌的分水嶺」〔註87〕，於是闡發佛理藉以開示眾生成了禪師寫作偈頌之由。以下觀照貫休的偈頌與揭示的佛理要義：

> 草木亦有性，與我將不別。我若似草木，成道無時節。
> 世人不會道，向道却嗔道。傷嗟此輩人，寶山不得寶。
> 〈道情偈〉〔註88〕

此偈以「草木亦有性，與我將不別」言佛家主張眾生平等之至理，也感嘆世人無法體會此義理，即如同入寶山卻空手而回般可惜。

> 崆峒老人專一一，黃梅真叟卻無無。
> 獨坐松根石頭上，四溟無浪月輪孤。
>
> 非色非空非不空，空中真色不玲瓏。
> 可憐盧大擔柴者，拾得驪珠囊篋中。
>
> 優缽羅花萬劫春，頗梨田地絕纖塵。
> 道吾道者相招好，不是香林採葉人。（〈道情偈三首〉）〔註89〕

此偈言修道者超凡脫俗的情操，第一首揭示真如所入之識為非常、非無常之心念，因此捨棄一切觀念、執著方能入真如之識。第二首揭示即空悟道的中道觀。第三首揭示心靈如水晶般純淨無染，自性清靜。

〔註87〕覃召文：《禪月詩魂──中國詩僧縱橫談》，頁10。
〔註88〕陸永峰：《禪月集校注》卷六〈道情偈〉，頁133。
〔註89〕陸永峰：《禪月集校注》卷十九〈道情偈三首〉，頁399。

　　　　擊鼓求亡益是非，木中生火更何爲？

　　　　吾師別是醒醐昧，不是知心人不知。(〈禪師〉) 〔註90〕

此詩有偈頌之質，以《大方廣圓覺修多羅了義經》：「常應遠離幻，諸
幻悉皆離。如木中生火，木盡火還滅」言捨妄歸眞的義理。

　　除了偈頌，貫休還有三首箴言、座右銘，分別爲〈續姚梁公座右
銘〉〔註91〕、〈大隱四字龜鑒〉〔註92〕、〈戒童行慈受二十偈意同〉〔註93〕。
勸勉世人趨善避惡「見善努力，聞惡莫親」、見善當循見惡當悌「見人
之得，如己之得，則美無不克。見人之失，如己之失，是亨貞吉」、謙
讓爲高「守謙寡欲、謙讓爲本」、大智若愚以仁爲本「如愚不愚，修仁
得仁」「親仁下問，立節求己」、謹言愼行「少出爲貴，少語爲珍」「無
擔虛譽，無背至理」、嚴以律己寬以待人「常切責己，切忌尤人」「無輕
賤微，上下相依」、執著至理彰揚儒道「抱璞刖足，興文厄陳」、勤勉好
學「學無廢日，時習知新」、抱樸守眞「恬和孫暢，沖融終始」「安問世
俗，自任天眞」。

　　〈戒童行慈受二十偈意同〉則示以童侍遁入佛門之戒行與律則：意
志堅定「勸汝出家須決志，投師學業莫容易」、尊上愛下「敬師兄，
教師弟，莫向空門爭意氣」、守則穆然「莫閑遊，莫嬉戲，出入分疏
說出處」、謙沖和氣「上中下座用謙和，莫賤他人稱自貴」、隨遇而安
「隨緣飲啄任精麤，不用千般求細膩」、刻苦自勵「習讀夜眠須早起、
三更睡到四更初、禮拜焚香作福祉」，最終能「行亦禪，坐亦禪，了
達眞如觀自在」。

　　這些偈頌、箴言雖然爲數不多，但卻是展現貫休禪師本色的重要
作品，不論是直接言道的開示或勵世悌勉的格言，都能朗見貫休對世
情投注的苦心孤詣，尤其透過座右銘可見他對「仁義」、「自律」、「善

〔註90〕陸永峰：《禪月集校注》卷二十二〈禪師〉，頁447。
〔註91〕陸永峰：《禪月集校注》卷四〈續姚梁公座右銘〉，頁89。
〔註92〕陸永峰：《禪月集校注》卷二十六〈大隱四字龜鑒〉，頁515。
〔註93〕陸永峰：《禪月集校注》卷二十六〈戒童行慈受二十偈意同〉，頁
　　　516。

惡」等中心思想的持守，不失為一扇窺探貫休人生觀的重要窗口。

綜合觀之，貫休嘗試了各式詩歌體式創作，他承襲了古風的樸質，以樂府的寫實精神進行世態針砭，還嘗試創作齊梁體與寫作大量近體詩，在詩歌藝術技巧上多所琢磨，更以偈頌與箴言的形式勸諭世情，展現詩人希冀「古風清，清風生」〔註94〕的淑世願景。因此透過本節對《禪月集》詩歌創作形式的釐析，能夠初步掌握貫休對創作抱持的理念與投注的熱情。

第二節　風格特色

晚唐的詩壇氛圍已由初盛唐的主氣移轉到主意，以意役象的結果成就了韓孟詩派的奇險怪誕風格，韓愈的文以明道、以文為詩之主張與創作實踐亦給予中晚唐詩壇諸多啟示；而元白詩派新樂府的主張在為事而作不為文而作的觀點下也常現直敘議論性語言，其平直淺俗的白話風格，更掀起中晚唐以降一股淺切俚俗的詩歌語言特色；此外，姚賈詩派的苦吟創作態度與崇尚寒狹奇僻、淡雅深細的詩歌風貌亦席捲整個晚唐文壇，幾乎含括了大多數的詩人，貫休亦為苦吟詩人群之一員。詩人難以置身於時代風會之外，時代風會亦由這些文士所構築而成，貫休的詩歌藝術表現帶著晚唐印記而行，也承續有初唐化俗詩僧以白話口語作喻世批判的特色，更有因曠放不羈的個性而形成的雄奇風格，以下申論之。

一、以議論為詩

晚唐在李商隱、杜牧帶領下的一片緣情綺靡之文壇風潮中，另有一股承續中唐詩歌感事寫意的文壇勢力，以皮日休、韋莊、羅隱、杜荀鶴等人為主的流輩致力揭示唐末社會矛盾與動亂，他們上承韓愈「不平則鳴」的創作主張以及元白諷諭詩的精神，發而為揭露時弊的議論之文，貫休亦為晚唐此流輩的箇中翹楚。

〔註94〕陸永峰：《禪月集校注》卷一〈上留田〉，頁6。

　　韓愈的〈送孟東野序〉中提到「大凡物不得其平則鳴」〔註95〕，繼之在創作實踐上以「師其意不師其辭」〔註96〕作爲領導，打破詩歌對稱和諧的句法，而以平鋪直敘、詩句錯落紛呈的「以文爲詩」手段，作文以明道的議論之篇。元白詩派「文章合爲時而著，歌詩合爲事而作」〔註97〕的卒章顯志則呈現意切理周之姿，諷諭時弊不遺餘力。此外，初唐化俗詩僧王梵志的洞察世情、辛辣揭弊風格也由貫休承襲。貫休遂踵這些現實派前輩的步伐，在唐之末世以風格直切的議論語言爲詩，擔起揭露醜惡現實、針砭世道人心的重任。

　　以議論爲詩的形式特色，首先在句式上採長短錯落的方式爲詩，使詩歌破除對稱和諧的音律美，而更加散文化以利增進語言的議論力度，如：

　　　但能致君活國濟生人，亦何必須踏金梯，折桂樹。（〈杜侯行并序〉）〔註98〕

　　　我聞之，天子富有四海，德被無垠。但令一物得所，八表來賓，亦何必令彼胡無人？（〈胡無人〉）〔註99〕

　　　今人何不繩其膝，植其食。而使空曠年年，常貯愁煙。使我至此，不能無言。（〈經古戰場〉）〔註100〕

　　　吳姬唱一曲，等閒破紅束。韓娥唱一曲，錦段鮮照屋。寧知一曲兩曲歌，曾使千人萬人哭？不唯哭，亦白其頭，飢其族。所以祥風不來，和氣不復。蝗乎賊乎，東西南北。（〈酷吏詞〉）〔註101〕

〔註95〕　《韓昌黎全集》卷十九「書序」〈送孟東野序〉（北京：中華書局，1966年）。

〔註96〕　《韓昌黎全集》卷十八「書」〈答劉正夫書〉。

〔註97〕　〔唐〕白居易著、朱金城箋校：《白居易集箋校》卷四十五〈與元九書〉，頁2792。

〔註98〕　陸永峰：《禪月集校注》卷五〈杜侯行并序〉，頁113。

〔註99〕　陸永峰：《禪月集校注》卷一〈胡無人〉，頁7。

〔註100〕　陸永峰：《禪月集校注》卷二〈經古戰場〉，頁33。

〔註101〕　陸永峰：《禪月集校注》卷二〈酷吏詞〉，頁29。

或偶因片言隻字登第光二親，又不能獻可替不航要津。(〈行路難四首〉之三)〔註102〕

這類句子近於白話口語，理性十足又兼具批判意味，尤其「**亦何必**令彼胡無人？」的「亦何必」、「**今人何不**繩其腔，植其食。**而使**空曠年年，常貯愁煙」的「今人何不、而使」、「**但能**致君活國濟生人，**亦何必**須踏金梯，折桂樹」的「但能、亦何必」，以及「不唯哭，亦白其頭，飢其族。**所以**祥風不來，和氣不復。蝗乎賊乎，東西南北」的「所以」都是散文用語，屬表達因果關係的連接詞，目的讓前後緣由說清楚講明白，這通常不用在以象喻意、蘊藉含蓄的詩歌語言中，貫休如此使用遂使他的詩歌理性色調鮮明，呈現強烈的議論色彩。

再次，議論性語言通常帶有檢討、批判、慨歎的語氣，如：

唯云不顛不狂，其名不彰。悲夫！(〈輕薄篇二首〉之一)〔註103〕

方今少壯不努力，老大徒傷悲。如何？(〈輕薄篇二首〉之二)〔註104〕

我聞此語心自悲，世上悠悠豈得知，稼而不穡徒爾為？(〈田家作〉)〔註105〕

孫秀若不殺，晉室應更貧。(〈洛陽塵〉)〔註106〕

傷嗟浮世之人，善世不曾入耳。(〈長持經僧〉)〔註107〕

我聞天地大德之曰生，又聞萬事皆天意。皆天意，何遣此人又如此？(〈村行遇獵〉)〔註108〕

樂戒於極，胡不知輟？……寧知耘田車水翁，日日日炙背欲裂？(〈富貴曲二首〉之二)〔註109〕

〔註102〕 陸永峰：《禪月集校注》卷四〈行路難四首〉之三，頁74。
〔註103〕 陸永峰：《禪月集校注》卷一〈輕薄篇二首〉之一，頁16。
〔註104〕 陸永峰：《禪月集校注》卷一〈輕薄篇二首〉之二，頁16。
〔註105〕 陸永峰：《禪月集校注》卷二〈田家作〉，頁36。
〔註106〕 陸永峰：《禪月集校注》卷二〈洛陽塵〉，頁18。
〔註107〕 陸永峰：《禪月集校注》卷二〈長持經僧〉，頁40。
〔註108〕 陸永峰：《禪月集校注》卷二〈村行遇獵〉，頁34。
〔註109〕 陸永峰：《禪月集校注》卷一〈富貴曲二首〉之二，頁19。

「悲夫！、如何？、傷嗟、寧知、豈得知、胡不知輟？、若不殺應更貧、何遣此人又如此？」這些檢討性語言帶著鋒利批判，亦飽含指責，帶有詩人一己的見解與情緒，議論性質強烈，大有不平則鳴之浩氣。然歷史上對貫休這種辛辣批判的語言風格也有另一種不同見解，胡震亨云：「貫休詩奇思奇句，一似從天墜得；無奈發村，忽作惡罵，令人不堪受。」〔註 110〕，直刺世醜毫無避諱的坦率作風往往讓人不堪聞受，胡氏之評雖從批判的角度來審視這些議論尖銳的語言，卻也勾勒了貫休意切言激的峭直性格。總的來說，程裕禎「奇險尖冷、多所譏諷」〔註 111〕的評價是比較中肯之論。

上述是對歷史或現況的檢討批判，有破就有立，貫休的以議論爲詩在批判之餘也以「我欲」或「我願」來表達己身之主張，如：

> 我願喙長三千里，枕著玉階奏明主。(〈循吏曲上王使君〉)〔註 112〕
>
> 我願九州四海紙，幅幅與君爲諫草。(〈送盧舍人三首〉)〔註 113〕
>
> 我欲使諸凡鳥雀，盡變爲鵷鴒。我欲使諸凡草木，盡變爲田莿。(〈上留田〉)〔註 114〕
>
> 我願君子氣，散爲青松栽。我恐莿棘花，只爲小人開。(〈古意九首・古交如真金〉)〔註 115〕

以「我欲、我願」入詩在《詩經》中早已有之，〈上邪〉「我欲與君相知，長命無絕衰」此種語氣呈現「果決」感，及至貫休手中，除了果決還增添詩人願景，更有指導世人之效，此乃議論篇章在勘破世情、檢討批判後，基於淑世的美善理想所逕下的指導棋。而貫休以「我欲」直陳其事，大有「我手寫我口」的眞切表現，這些議論詩直陳社會痛

〔註 110〕〔明〕胡震亨：《唐音癸籤》卷八「評彙四」，收錄於吳文治主編：《明詩話全編》第七冊，頁 6891。

〔註 111〕程裕禎：〈唐代的詩僧和僧詩〉，《南京大學學報》哲學社會科學（1984 年第 1 期），頁 39。

〔註 112〕陸永峰：《禪月集校注》卷三〈循吏曲上王使君〉，頁 46。

〔註 113〕陸永峰：《禪月集校注》卷六〈送盧舍人三首〉，頁 140。

〔註 114〕陸永峰：《禪月集校注》卷一〈上留田〉，頁 1。

〔註 115〕陸永峰：《禪月集校注》卷二〈古意九首・古交如眞金〉，頁 25。

處，提出主張立場亦坦率直爽，展現他對改善弊端的急切與苦心孤詣，無怪乎《唐才子傳》以「一條直氣，海內無雙」〔註116〕來形容貫休。

二、俚俗白話

正所謂「文章窮於用古，矯而用俗」〔註117〕，與議論爲詩的散文化發展有深度溝通的通俗白話，是中晚唐特出的詩歌語言風格，由白居易作爲代表。明人俞弁《逸老堂詩話》云：「白樂天詩善用俚語，近乎人情物理」〔註118〕、白居易〈策林〉對文風要求「尚質抑淫，著誠去僞」〔註119〕，這近於人情物理、尚質著誠的創作風範與貫休樸質淺切、去除雕飾的語言風格有相同旨趣，可說貫休的俚俗白話作風乃承新樂府以「俗言俗事入詩」〔註120〕之餘音。又，貫休詩俚俗白話的特徵大有上承初唐化俗詩僧質直意露、坦率眞誠之風，據覃召文的研究指出王梵志、寒山、拾得的詩歌藝術特色有「詩歌體制較小、手法較爲樸素、語言偏於俚俗、詞鋒頗爲辛辣」〔註121〕等特點，這手法樸素、語言俚俗近乎白話的「我手寫我口」之姿，顛覆了詩歌求含蓄深婉的韻致，從而使詩作趨向世俗之質。

其實，「野俗」是貫休自己早有所悟的特點，他在〈山居詩二十四首并序〉中即云自己的作品「風調野俗」，而後世諸多評價也針對貫休詩俚俗氣息作出批判：

〔宋〕劉克莊《後村詩話》：若貫休輩「自拳五色毬，迸入他

〔註116〕 傅璇琮：《唐才子傳校箋》卷十，頁442。
〔註117〕 〔明〕胡震亨：《唐音癸籤》卷七「評彙三」，收錄於吳文治主編：《明詩話全編》第七冊，頁6880。
〔註118〕 〔明〕俞弁：《逸老堂詩話》，收錄於吳文治主編：《明詩話全編》第三冊，頁2543。
〔註119〕 〔唐〕白居易著、朱金城箋校：《白居易集箋校》卷六十五〈策林〉六十八、議文章，頁3547。
〔註120〕 〔明〕胡震亨：《唐音癸籤》卷七「評彙三」，收錄於吳文治主編：《明詩話全編》第七冊，頁6880。
〔註121〕 覃召文：《禪月詩魂──中國詩僧縱橫談》，頁45。

人宅，却捉蒼頭奴，玉鞭打一百」之句，**拙俚甚矣**。〔註122〕

〔明〕胡震亨《唐音癸籤》：貫休之輩，**俚鄙幾同俗諺**。〔註123〕

〔清〕趙翼《甌北詩話》：東坡云唐末五代文章衰陋，詩有貫休、書有亞棲，**村俗之氣大抵相似**。〔註124〕

〔清〕賀裳《載酒園詩話》：詩至晚唐而敗壞極矣，不待宋人。……**甚則粗鄙陋劣**，如杜荀鶴、僧貫休者。**貫休村野處殊不可耐**，如〈懷素草書歌〉中云「忽如鄂公喝住單雄信，秦王肩上搭著棗木槊」**此何異傖父所唱鼓兒詞**。又如〈山居〉第八篇末句云「從他人說從他笑，地覆天翻也只寧」，**豈不可醜**！〔註125〕

《葚原詩說》：句法最忌直率，直率則淺薄而少深婉之致……貫休之「故國在何處？多年未得歸」，不若司馬扎「芳草失歸路，故鄉空暮雲」。兩相比較，**淺薄**深婉自見。〔註126〕

典雅蘊藉為詩歌的主流範式，嚴羽《滄浪詩話》曾云「學詩先除五俗：一曰俗體，二曰俗意，三曰俗句，四曰俗字，五曰俗韻」〔註127〕，貫休詩的「俗」與主流範式背道而馳遂為他招致不少負面評價，上述的「拙俚、俚鄙、村俗氣、粗鄙陋劣、村野處殊不可耐、何異鼓兒詞、可醜、淺薄」這一大串批評都是衝著貫休詩俚俗白話的風格而來，幾

〔註122〕　參見〔清〕王士禛原編、鄭方坤刪補、〔美〕李珍華點校：《五代詩話》八卷，頁298。

〔註123〕　〔明〕胡震亨：《唐音癸籤》卷九「評彙五」，收錄於吳文治主編：《明詩話全編》第七冊，頁6896。

〔註124〕　〔清〕趙翼：《甌北詩話》卷一「李青蓮詩」（台北：廣文書局，1971年）。

〔註125〕　〔清〕賀裳：《載酒園詩話又編》「貫休條」，收錄於郭紹虞編選：《清詩話續編》（上），頁393。

〔註126〕　〔清〕冒春榮：《葚原詩說》卷一，收錄於郭紹虞編選：《清詩話續編》（中），頁1578。

〔註127〕　〔宋〕嚴羽：《滄浪詩話·詩法條》（台北：藝文印書館，1966年），無頁碼。

乎面對這些俗言俗語，歷代詩評家均不能苟同。換個角度看，這也代表貫休以其俚俗白話風格在後世詩壇取得關注眼光，只要論俚俗之風，總少不了以貫休爲例提出探討。而孫昌武先生則從正面角度評價這些近乎口語的語言表現，他認爲「俗語的淺顯、直截有助於表達得眞切」，還云「這對豐富詩的語彙是有積極意義的，給後代詩歌以至小說、戲曲語言以一定影響」，更指出「僧詩風格淺俗，又有超俗的一面。這因有意擺脫世俗詩作陳陳相因的格調」亦即力求破除文學成規〔註 128〕。總而言之，貫休詩的俚俗白話風格確實在後世文評家口中或褒或貶的被揭示了，而每一種藝術風格都是作者獨特的個性與創作抉擇所構成，尤其那些與主流精神相悖離的表現更應力求理解並予以尊重，以下引詩例討論這些口語白話、俚俗淺切的貫休詩。

以「口語詞」入詩是貫休作品俚俗性最鮮明的特色：

白髮應全白，生涯**作麼生**？（〈懷周朴張爲〉）〔註 129〕

好句慵收拾，清風**作麼來**？（〈秋居寄王相公三首〉之一）〔註 130〕

霞外終須去，人間**作麼來**？（〈送僧歸山〉）〔註 131〕

近知山果熟，還擬**寄來麼**？（〈寄赤松舒道士二首〉之二）〔註 132〕

相逢空悵望，**更有好時麼**？（〈避寇上山作〉）〔註 133〕

眼**作麼**是眼，僧誰識此僧？（〈送僧遊天台〉）〔註 134〕

亦知希驥無希者，**作麼**令人彊轉頭？（〈陋巷〉）〔註 135〕

禪喘雷乾冰井融，**些子**清風有何益？（〈苦熱寄赤松道者〉）

〔註 136〕

〔註 128〕 孫昌武：《唐代文學與佛教》，頁 154～161。。

〔註 129〕 陸永峰：《禪月集校注》卷八〈懷周朴張爲〉，頁 176。

〔註 130〕 陸永峰：《禪月集校注》卷八〈秋居寄王相公三首〉之一，頁 184。

〔註 131〕 陸永峰：《禪月集校注》卷十六〈送僧歸山〉，頁 348。

〔註 132〕 陸永峰：《禪月集校注》卷十一〈寄赤松舒道士二首〉之二，頁 226。

〔註 133〕 陸永峰：《禪月集校注》卷九〈避寇上山作〉，頁 198。

〔註 134〕 陸永峰：《禪月集校注》卷八〈送僧遊天台〉，頁 179。

〔註 135〕 陸永峰：《禪月集校注》卷十九〈陋巷〉，頁 402。

〔註 136〕 陸永峰：《禪月集校注》卷二〈苦熱寄赤松道者〉，頁 37。

今朝鄉思**渾**堆積，琴上聞師大蟹行。(〈聽僧彈琴〉)〔註137〕

這些口語詞的使用，使詩句破除「雅」的成規，讀來很有野俗風味，也讓原本應「韻」味十足的句式白話化，盡現詩人坦率不羈的個性。《四庫全書·白蓮集提要》曾評「皎然清而弱、貫休豪而粗」〔註138〕，這「豪」指的是貫休詩風豪宕，而「粗」除了氣粗，應該還有與「雅」相對的粗獷之意，又「俗」的釋義指民間、也指粗野，故《四庫全書》對貫休詩以「粗」評之，想必也關注到他詩歌語言野俗的一面。

再者，白話語法的使用讓貫休詩呈現黎庶氣息，自由活潑的創作精神自規整謹嚴的典雅主流範式中奔逸而出，使氣真率曠放：

青莴生階墀，擷之束成束。(〈書陳處士屋壁二首〉之二))〔註139〕

不知知我不，已到不區區。(〈離亂後寄九華和尚二首〉之二)〔註140〕

藏千尋暴布，出十八高僧。(〈懷南岳隱士二首〉之二)〔註141〕

一泓秋水一輪月，今夜故人來不來？(〈招友人宿〉)〔註142〕

騰騰又入仙山去，只恐是青城丈人。(〈道士〉)〔註143〕

田地更無塵一點，是何人合住其中？(〈再遊東林寺作五首〉之五)〔註144〕

斯言如不忘，別更無光輝。斯言如或忘，即安用爲人爲？(〈白雪曲〉)〔註145〕

〔註137〕陸永峰：《禪月集校注》卷二十一〈聽僧彈琴〉，頁439。
〔註138〕《景印文淵閣四庫全書》第 1084 冊，集部二十三，別集類，頁327。
〔註139〕陸永峰：《禪月集校注》卷三〈書陳處士屋壁二首〉之二，頁65。
〔註140〕陸永峰：《禪月集校注》卷十〈離亂後寄九華和尚二首〉之二，頁216。
〔註141〕陸永峰：《禪月集校注》卷十七〈懷南岳隱士二首〉之二，頁355。
〔註142〕陸永峰：《禪月集校注》卷二十二〈招友人宿〉，頁451。
〔註143〕陸永峰：《禪月集校注》卷二十二〈道士〉，頁447。
〔註144〕陸永峰：《禪月集校注》卷二十一〈再遊東林寺作五首〉之五，頁434。
〔註145〕陸永峰：《禪月集校注》卷一〈白雪曲〉，頁5。

孤峰含紫煙，師住此安禪。不下便不下，如斯大可憐。(〈懷
四明亮公〉)〔註146〕

從來苦清苦，近更加淡薄。訟庭何所有？一隻兩隻鶴。(〈上
杜使君〉)〔註147〕

白石峰之半，先生好在麼？捲簾當大瀑，常恨不如他。(〈懷
匡山山長二首〉之一)〔註148〕

這些詩例白話至極，甚至破除上下句音節的對稱，呈現散化的自由，
如「騰騰又入／仙山去，只恐是／青城丈人」、「田地／更無／塵一點，
是何人／合住／其中？」、「斯言／如／或忘，即／安用／爲人／
爲？」，如此不諧整的音韻表現，讓貫休詩讀來有奇拗的特殊美感。
其實自杜甫已有些詩雜以虛詞，如「天子**亦應**厭奔走，群公**固合**思升
平」〔註149〕、「江村野堂**爭**入眼，垂鞭嚲鞚凌紫陌」〔註150〕有口語
散化現象，及至韓愈詩結構更爲散化，如「母從子走者／爲誰？大夫
夫人／留後兒」〔註151〕、「日念／子來遊，子／豈知我情」〔註152〕，
可知貫休這口語散化的風格已由杜甫、韓愈開其端緒，如此爲詩讓語
言掙脫「諧」的束縛而更顯明快與情感表現力。

三、境清格冷

於本文第二章第三節「僧詩風格述要」裡已揭示過尚「清」的美
學追求乃中國僧詩自中唐以降的主基調，尤其在詩境即心境的前提下
觀看詩僧之詩，其超塵脫俗的清淨修爲讓心不染塵垢，詩境自然呈現
沖淡清標、氣質幽冷之美學意趣。黃宗羲曾云：

詩爲至清之物，僧中之詩，人境俱奪，能得其至清者，故

〔註146〕陸永峰：《禪月集校注》卷七〈懷四明亮公〉，頁165。
〔註147〕陸永峰：《禪月集校注》卷五〈上杜使君〉，頁104。
〔註148〕陸永峰：《禪月集校注》卷十三〈懷匡山山長二首〉之一，頁267。
〔註149〕杜甫〈釋悶〉，見《全唐詩》卷220，頁2326。
〔註150〕杜甫〈醉爲馬墜諸公攜酒相看〉，卷222，頁2367。
〔註151〕韓愈〈汴州亂二首〉之二，見《全唐詩》卷337，頁3784。
〔註152〕韓愈〈此日足可惜贈張籍〉，見《全唐詩》卷337，頁3772。

　　　　可與言詩，多在僧也。〔註153〕

這段話肯定僧詩具「清」之美感，又「清」的境界爲詩之終極追求，
正所謂「詩最可貴者清，然有格清，有調清，有思清，有才清。若格
不清則凡，調不清則冗，思不清則俗。」〔註154〕，因此黃宗羲有感
而發的說「可與言詩者多在僧也」。而王秀林也指出：

　　　對於詩僧們來說，「清」是一種遠世俗而近自然的生存型
　　　態，是超塵脫俗、空靈韻藉的精神型態，是清新典雅的話
　　　語型態。〔註155〕

「清」表現於僧詩中體現了詩僧的精神情態，亦藉清詞清語貼近無
形的心靈感知。作爲晚唐詩僧群體翹楚的貫休，其詩歌當然具有僧
詩尙「清」的觀測指標，尤其透過他自云的「境清僧格冷」〔註156〕
一語便能肯定貫休對僧詩「清、冷」格調之體認。而歷代評價也早
已揭示貫休詩的此類特色，如晚唐羅隱謂貫休詩「清如潭底月圓時」
〔註157〕、清人賀貽孫云「貫休詩氣幽骨勁」〔註158〕、黃世中評貫
休詩的風格「清冷、峭奇」〔註159〕，這些都是對《禪月集》「清」
之風格的明確揭示；在詩句匯評方面，〈題蘭江言上人院二首〉「只
是危吟坐翠屛，門前歧路自崩騰。青雲名士時相訪，茶煮西峰瀑布
冰。」明人楊愼評「結句清妙，取之」〔註160〕、清人賀裳認爲「葉
和秋蟻落，僧帶野香來」「青雲名士時相訪，茶煮西峰瀑布冰」數

〔註153〕 沈善洪主編：《黃宗羲全集》第十冊〈南雷詩文集〉「平陽鐵夫詩題
　　　　辭」，頁76。
〔註154〕 〔明〕胡應麟：《詩藪外編》卷四，收錄於吳文治主編：《明詩話全
　　　　編》，頁5591。
〔註155〕 王秀林：《晚唐五代詩僧群體研究》，頁356。
〔註156〕 陸永峰：《禪月集校注》卷十〈題靈溪暢公墅〉，頁217。
〔註157〕 羅隱〈和禪月大師見贈〉，見《全唐詩》卷657，頁7551。
〔註158〕 〔清〕賀貽孫：《詩筏》，收錄於郭韶虞編選、富壽蓀校點：《清詩
　　　　話續編》，頁192。
〔註159〕 黃世中〈略論詩僧貫休及其詩〉，《浙江師範學院學報》（1984年第
　　　　2期）。
〔註160〕 〔明〕楊愼著、王仲鏞箋證：《升菴詩話箋證》卷十一「貫休題蘭
　　　　江言上人院」（上海：上海古籍出版社，1987年），頁406。

語「殊涵清氣」〔註 161〕。貫休詩具有的「清」之格調儼然備受後世關注。

再者，中晚唐的苦吟風潮也與僧詩氣幽質冷、清雅沖淡的美學追求有直接相關，甚至許多詩僧就是苦吟一族，他們推崇苦吟派宗主孟郊、賈島、姚合，貫休就有〈讀賈區賈島集〉讚賞兩人「冷格俱無敵」〔註 162〕、〈讀孟郊集〉讚賞孟郊詩「清刿霜雪隨」〔註 163〕、〈覽姚合極玄集〉推崇此集爲「至鑒」還以「清風出院遲」概括姚合的選文標準〔註 164〕。清、冷調性本就是苦吟詩人群在歷經貧寒人生、困頓不遇的挫折後心靈特質轉趨之幽微，因此寒狹、冷峭苦澀的美感遂發於詩人的孤介清標，其刻意苦吟以人工奪天工，進而追求閒淡清峭、深細幽僻的詩歌美學，亦爲貫休所取，綜觀《禪月集》裡出現頻率頗高的「冷、寒、清、冰、涼、孤、雪、霜、凍、淒、殘」等冷詞寒調，即可掌握「境清格冷」的風格當爲貫休詩歌不可忽視之一大特色，以下取詩例觀照之。

（一）造境清幽者，詩情清靜僻隱，如：

夜雨山草滋，爽籟生古木。（〈閒居擬齊梁四首・夜雨山草滋〉）〔註 165〕

清風江上月，霜瀧月中砧。（〈懷武昌樓一二首〉之二）〔註 166〕

鳥啄古杉雪苒苒，風吹清磬露霏霏。（〈陪馮使君遊六首・遊靈泉院〉）〔註 167〕

〔註161〕〔清〕賀裳：《載酒園詩話又編》「貫休條」，收錄於郭紹虞編選：《清詩話續編》（上），頁 393。

〔註162〕陸永峰：《禪月集校注》卷十七〈讀賈區賈島集〉，頁 358。

〔註163〕陸永峰：《禪月集校注》卷七〈讀孟郊集〉，頁 165。

〔註164〕陸永峰：《禪月集校注》卷十六〈覽姚合極玄集〉，頁 349。

〔註165〕陸永峰：《禪月集校注》卷三〈閒居擬齊梁四首・夜雨山草滋〉，頁 53。

〔註166〕陸永峰：《禪月集校注》卷九〈懷武昌樓一二首〉之二，頁 194。

〔註167〕陸永峰：《禪月集校注》卷二十四〈陪馮使君遊六首・遊靈泉院〉，頁 472。

千巖萬壑路傾欹，杉檜濛濛獨掩扉。(〈山居詩二十四首〉之十五)〔註168〕

(二)造境清和者，詩情清朗平和，如：

落日碧江靜，蓮唱清且閒。更尋花發處，借月過前灣。(〈晚望〉)〔註169〕

神清尋夢在，香極覺花新。樹露繁於雨，溪雲動似人。(〈早起〉)〔註170〕

風觸好花文錦落，砌橫流水玉琴斜。(〈野居偶作〉)〔註171〕

童子念經深竹裏，獼猴拾蝨夕陽中。(〈山居詩二十四首〉之十)〔註172〕

水壇檉殿地含煙，領鶴行吟積翠間。(〈寄信州張使君〉)〔註173〕

(三)造境清冷者，詩情清寒冷澀，如：

河薄星疏雪月孤，松枝清氣入肌膚。(〈苦吟〉)〔註174〕

風澀潮聲惡，天寒角韻孤。(〈懷錢唐羅隱章魯封〉)〔註175〕

風吼深松雪，爐寒一鼎冰。(〈寄宋使君〉)〔註176〕

疏鐘寒遍郭，微雪靜鳴條。(〈寒夜有懷同志〉)〔註177〕

塢濕雲埋觀，溪寒月照層。(〈寄新定桂雍〉)〔註178〕

殘磬隔風林，微陽解冰筆。(〈寄杜使君〉)〔註179〕

〔註168〕 陸永峰：《禪月集校注》卷二十三〈山居詩二十四首〉之十五，頁461。
〔註169〕 陸永峰：《禪月集校注》卷二十六〈晚望〉，頁506。
〔註170〕 陸永峰：《禪月集校注》卷十八〈早起〉，頁373。
〔註171〕 陸永峰：《禪月集校注》卷二十一〈野居偶作〉，頁432。
〔註172〕 陸永峰：《禪月集校注》卷二十三〈山居詩二十四首〉之十，頁458。
〔註173〕 陸永峰：《禪月集校注》卷二十〈寄信州張使君〉，頁414。
〔註174〕 陸永峰：《禪月集校注》卷二十二〈苦吟〉，頁450。
〔註175〕 陸永峰：《禪月集校注》卷九〈懷錢唐羅隱章魯封〉，頁203。
〔註176〕 陸永峰：《禪月集校注》卷八〈寄宋使君〉，頁174。
〔註177〕 陸永峰：《禪月集校注》卷十五〈寒夜有懷同志〉，頁310。
〔註178〕 陸永峰：《禪月集校注》卷十五〈寄新定桂雍〉，頁311。
〔註179〕 陸永峰：《禪月集校注》卷三〈寄杜使君〉，頁63。

（四）造境清冽者，詩情清厲冷冽，如：

氣射燈花落，光侵壁蟀濃。（〈夜對雪作寄友生〉）〔註180〕

松煙青透壁，雪氣細吹燈。（〈鄂渚贈祥公〉）〔註181〕

冷驚蟬韻斷，涼觸火雲驤。（〈送于兢補闕赴京〉）〔註182〕

冷冽蒼黃風似劈，雪骨冰筋滿瑤席。（〈寄高員外〉）〔註183〕

霜鋒擗石鳥雀聚，帆凍陰飆吹不舉。（〈送顒雅法師〉）〔註184〕

（五）造境清峭者，詩情清峻峭刻，如：

數閣涼飆終日去，滿懷明月上方還。（〈寄信州張使君〉）〔註185〕

雲斂石泉飛險竇，月明山鼠下枯藤。（〈宿赤松山觀題道人水閣兼寄郡守〉）〔註186〕

雲衝遠燒出，帆轉大荒遲。天際霜雪作，水邊蒿艾衰。（〈秋末江行〉）〔註187〕

鶴澣聲偏密，風焦片益粗。冷牽人夢轉，清逼瘴根徂。（〈夜對雪寄杜使君〉）〔註188〕

其他還有造境清冷靜寂者「霜打汀島赤，孤煙生池塘」（〈干霄亭晚望懷王棨侍郎〉）、造境清綺者「青門玉露滴，紫閣錦霞新」（〈寄栖白大師二首〉）、造境清寒蕭疏者「水疊山層擎草疏，砧清月苦立霜風」（〈上新定宋使君〉）、造境清超拔俗者「茗滑香黏齒，鐘清雪滴樓」（〈題淮南惠照寺律師院〉）等。據上所列舉之貫休詩，造境清標、意蘊清越、格調幽冷，反映的是詩人內在沖和淡漠的修為與冷寂峭刻之奇懷，故

〔註180〕　陸永峰：《禪月集校注》卷八〈夜對雪作寄友生〉，頁182。

〔註181〕　陸永峰：《禪月集校注》卷九〈鄂渚贈祥公〉，頁193。

〔註182〕　陸永峰：《禪月集校注》卷十五〈送于兢補闕赴京〉，頁314。

〔註183〕　陸永峰：《禪月集校注》卷三〈寄高員外〉，頁64。

〔註184〕　陸永峰：《禪月集校注》卷五〈送顒雅法師〉，頁109。

〔註185〕　陸永峰：《禪月集校注》卷二十〈寄信州張使君〉，頁414。

〔註186〕　陸永峰：《禪月集校注》卷二十五〈宿赤松山觀題道人水閣兼寄郡守〉，頁489。

〔註187〕　陸永峰：《禪月集校注》卷八〈秋末江行〉，頁169。

〔註188〕　陸永峰：《禪月集校注》卷十二〈夜對雪寄杜使君〉，頁257。

賀貽孫以「氣幽骨勁」、黃世中以「清冷峭奇」揭示貫休詩「境清格冷」的美學風貌，甚爲允當。

四、豪放奇崛

　　以「豪、奇」評價貫休，自《唐才子傳》就有之，辛文房云其「天賦敏速之才，筆吐猛銳之氣」又評其創作「尙崛奇」乃「僧中之一豪也」〔註189〕；方回《瀛奎律髓》評「爲詩有極奇處，亦有太粗處」〔註190〕；胡震亨也有「貫休詩奇思奇句，一似從天墜得」〔註191〕之評價；《四庫全書‧白蓮集提要》云「貫休豪而粗」〔註192〕；《東目館詩見》云「貫休不肯平易，時極嶔崎之致，而意旨頗嫌徑露」〔註193〕；《老生常談》讚貫休「詩有奇氣，絕不同於貌肖古人」〔註194〕。這些歷史上對貫休「豪、奇」的評價關乎其人其詩，尤其在前述第三章第二節「貫休個性考述」部分已揭示其個性裡有著特立不羈、曠放豪宕的因子。詩人的性格乃形成其詩風的主要因素，正所謂「鲠快人詩必瀟灑、豪邁人詩必不羈」〔註195〕，貫休性格兼具鲠快、豪邁，因此瀟灑不羈的風貌必然顯現於創作之精神與字裡行間，再加以他特立孤傲、不諧世俗的個性，以及追求「句須人未道、新皆意外新」〔註196〕的創作態度，於是貫休詩的奇崛之風也備受後人關注。

　　首先，貫休詩裡常見境大氣壯、恢宏闊遠的意境：

〔註189〕　傅璇琮：《唐才子傳校箋》卷十，頁442

〔註190〕　見〔清〕王士禎原編、鄭方坤刪補、〔美〕李珍華點校：《五代詩話》八卷，頁296。

〔註191〕　〔明〕胡震亨：《唐音癸籤》卷八「評彙四」，收錄於吳文治主編：《明詩話全編》第七冊，頁6891。

〔註192〕　《景印文淵閣四庫全書》第1084冊，集部二十三，別集類，頁327。

〔註193〕　見陳伯海主編：《唐詩匯評》下「貫休」，頁3112。

〔註194〕　見陳伯海主編：《唐詩匯評》下「貫休」，頁3112。

〔註195〕　〔清〕薛雪：《一瓢詩話》卷四十七，收錄於續修四庫全書編纂委員會編：《續修四庫全書》第1701冊，集部，詩文評類，頁107。

〔註196〕　陸永峰：《禪月集校注》卷十五〈寄新定桂雍〉、卷十七〈送李鉶赴舉〉，頁311、365。

巨浸東隅極，山吞大野平。黑氣騰皎窟，秋雲入戰城。(〈秋
過錢塘江〉) 〔註197〕

雲衝遠燒出，帆轉大荒遲。(〈秋末江行〉) 〔註198〕

燒繞赤烏亥，雲漫白蚌江。(〈送廬山納僧〉) 〔註199〕

月衝陰火出，帆挦大鵬飛。(〈送新羅僧歸本國〉) 〔註200〕

山藏羅剎宅，水雜巨鼇涎。(〈送人之渤海〉) 〔註201〕

歇隈紅樹久，笑看白雲崩。(〈送僧遊天台〉) 〔註202〕

殘陽曜極野，黑水浸空墳。(〈秋盡途中作〉) 〔註203〕

陰風吼大漠，火虩出不得。(〈古塞下曲四首〉之二) 〔註204〕

風刮陰山薄，河推大岸斜。(〈古塞下曲七首〉之四) 〔註205〕

明月風拔帳，磧暗鬼騎狐。(〈古塞上曲七首〉之一) 〔註206〕

風帆天際吼，金鴉月中飛。(〈送王轂及第後歸江西〉) 〔註207〕

退牙山象惡，過海布帆荒。(〈送僧之安南〉) 〔註208〕

這些句子的詩境壯闊、精神豪邁，非出於曠放豪宕之人而不能也。尤
其能注意到的是，詩人在使氣豪放中亦融攝著怪誕奇崛的意象，如「水
雜巨鼇涎、磧暗鬼騎狐、山吞大野平、月衝陰火出」，這種奇思讓貫
休詩在豪氣干雲中還混著想像力奇崛的風貌。

「奇」乃出人意表、特殊不尋常之表現，王秀林曾點出「唐末五

〔註197〕 陸永峰：《禪月集校注》卷七〈秋過錢塘江〉，頁 166。
〔註198〕 陸永峰：《禪月集校注》卷八〈秋末江行〉，頁 169。
〔註199〕 陸永峰：《禪月集校注》卷十四〈送廬山納僧〉，頁 294。
〔註200〕 陸永峰：《禪月集校注》卷十四〈送新羅僧歸本國〉，頁 304。
〔註201〕 陸永峰：《禪月集校注》卷十七〈送人之渤海〉，頁 362。
〔註202〕 陸永峰：《禪月集校注》卷八〈送僧遊天台〉，頁 179。
〔註203〕 陸永峰：《禪月集校注》卷八〈秋盡途中作〉，頁 184。
〔註204〕 陸永峰：《禪月集校注》卷四〈古塞下曲四首〉之二，頁 81。
〔註205〕 陸永峰：《禪月集校注》卷十一〈古塞下曲七首〉之四，頁 234。
〔註206〕 陸永峰：《禪月集校注》卷十一〈古塞上曲七首〉之一，頁 235。
〔註207〕 陸永峰：《禪月集校注》卷十二〈送王轂及第後歸江西〉，頁 259。
〔註208〕 陸永峰：《禪月集校注》卷十六〈送僧之安南〉，頁 336。

代詩僧群體詩歌創作在藝術上的最顯著特色就是奇崛怪誕，在題材上搜奇抉怪、想像奇特構思新穎、比喻新奇、誇張怪誕還喜用奇字怪句。」〔註209〕，這種造意標新、風貌特出的詩句，在《禪月集》裡多有所見，綜合觀之形成一股怪誕之美：

殺氣畫赤，枯骨夜哭。(〈胡無人〉)〔註210〕

猿撥孤雲破，鐘撞眾木疏。(〈題惠琮律師院〉)〔註211〕

朔雲含凍雨，枯骨放妖光。(〈古塞上曲七首〉之二)〔註212〕

冷驚蟬韻斷，涼觸火雲驤。(〈送于兢補闕赴京〉)〔註213〕

楓橷支酒甕，鶴虱落琴牀。(〈懷南岳隱士二首〉之一)〔註214〕

黑山霞不赤，白日鬼隨人。(〈送友生下第遊邊〉)〔註215〕

精靈應醉社日酒，白龜咬斷菖蒲根。(〈江邊祠〉)〔註216〕

童子念經深竹裡，獼猴拾虱夕陽中。(〈山居詩二十四首并序〉之十)〔註217〕

妖狐爬出西子骨，雷車挼破織女機。(〈讀顧況歌行〉)〔註218〕

蜀機鳳雛動鼙鼙，珊瑚枝枝撐著月。(〈還舉人歌行卷〉)〔註219〕

衣上日光真是火，島傍魚骨大於船。(〈送新羅人及第歸〉)〔註220〕

有時鬼笑兩三聲，疑是大謝小謝李白來。(〈山中作〉)〔註221〕

我恐湘江之魚兮，死後盡為人。曾食靈均之肉兮，箇箇為

〔註209〕　王秀林：《晚唐五代詩僧群體研究》，頁342～346。
〔註210〕　陸永峰：《禪月集校注》卷一〈胡無人〉，頁7。
〔註211〕　陸永峰：《禪月集校注》卷八〈題惠琮律師院〉，頁183。
〔註212〕　陸永峰：《禪月集校注》卷十一〈古塞上曲七首〉之二，頁236。
〔註213〕　陸永峰：《禪月集校注》卷十五〈送于兢補闕赴京〉，頁314。
〔註214〕　陸永峰：《禪月集校注》卷十七〈懷南岳隱士二首〉之一，頁355。
〔註215〕　陸永峰：《禪月集校注》卷九〈送友生下第遊邊〉，頁189。
〔註216〕　陸永峰：《禪月集校注》卷二〈江邊祠〉，頁36。
〔註217〕　陸永峰：《禪月集校注》卷二十三〈山居詩二十四首〉之十，頁458。
〔註218〕　陸永峰：《禪月集校注》卷三〈讀顧況歌行〉，頁60。
〔註219〕　陸永峰：《禪月集校注》卷二〈還舉人歌行卷〉，頁31。
〔註220〕　陸永峰：《禪月集校注》卷二十一〈送新羅人及第歸〉，頁426。
〔註221〕　陸永峰：《禪月集校注》卷五〈山中作〉，頁117。

　　忠臣。又想靈均之骨分，終不曲。千年波底色如玉，誰能

　　入水少取得？（〈讀離騷經〉）〔註222〕

猿猴撥破孤雲、蟬韻因冷而驚斷、火雲觸涼隳頹、鶴蝨墜落琴牀、精
靈醉酒、珊瑚撐月、獼猴在夕陽中拾蝨以及魚骨大於船，這些意象若
非高昂的想像力不能為也。而枯骨夜哭還放射妖光、白日有鬼隨人、
妖狐從西施骨中爬出、鬼笑兩三聲而疑是大小謝與李白的鬼魂來、湘
江之魚吃了屈原的肉成了忠臣、以及屈原的忠骨沉江歷經千年不壞更
青如美玉，如此設意鬼魅至極，使人感受驚悚可怖。《老生常談》曾
云貫休詩「能抱奇氣於文字之間，不同行屍走肉」〔註223〕，依此來
看確可印證也。

　　戴偉華曾概括過貫休詩之多元章法「其詩章法不拘，雜入前人路
徑，差有太白之雅，子美之深，退之之險，香山之平俗。」〔註224〕，
據本節所論來對照戴氏之言洵可信也。他的議論語言、口語散化特色
實以韓愈為先驅；俚俗淺切、諷喻批判的精神乃承初唐化俗詩僧與白
居易新樂府之範式；境清格冷的美學追求是僧詩本色，亦直契苦吟派
詩人寒狹冷峭之創作意趣；深雅的立意也於前章《禪月集》之思想中
作過揭示。總的來說，貫休在個性化的創作中亦上承中晚唐詩壇主流
風範，使詩作呈現萬端風格，有關於貫休詩之多元風格的揭示，清人
胡鳳丹〈重刻禪月集序〉裡有段詮釋：

　　若貫休一方外耳，而乃以悲憤蒼涼之思，寫清新俊逸之辭。

　　忽而虎嘯、忽而鸞吟、忽而夷猶清曠神鋒四出，又如千金

　　駿足飛騰飄瞥，蕩澗注坡以視龜蟲之鳴，吹月露之琱鏤，

　　夷然如寸莛撞鐘之無甚高論。噫！貫休亦奇矣哉。〔註225〕

胡鳳丹看見了貫休詩兼具豪放與深細、憤激與幽曲，融會而成「奇矣

〔註222〕　陸永峰：《禪月集校注》卷一〈讀離騷經〉，頁2。

〔註223〕　見陳伯海主編：《唐詩匯評》下「貫休」，頁3113。

〔註224〕　戴偉華：〈貫休行年考述〉，《揚州師院學報》社會科學版（1992年
　　　　　第2期）。

〔註225〕　胡丹鳳〈重刻禪月集序〉，收錄於《百部叢書集成95　金華叢書》
　　　　　第十二涵《禪月集》。

哉」的評價是貫休高超的創作天份爲後世讀者帶來的驚豔，對照本節的詩例分析可知胡氏的這番論詮有其可觀性。

第三節　用字技巧

　　濃厚的民歌風味是貫休詩醒目之特色，此乃立基於疊字疊句、雙關等用字技巧，當然也少不了重章疊唱、迴旋往復之詠嘆節奏。而鍛字鍊句藉以提升詩情、增進章句之形象與力度，也是貫休孜孜矻矻琢磨不懈的創作功課。以下列舉詩例探討貫休詩之常見用字技巧。

一、民歌風味的用字技巧

（一）疊字疊句

　　疊字亦稱重言，將兩個以上的相同文字重疊使用，而達摹聲、寫景、達情之目的。此種修辭特色從《詩經》開始被大量使用，據夏傳才的研究「《詩經》三百零五篇約三分之二運用疊字，如果加上疊字的變式，則在三分之二以上。」〔註226〕可見疊字乃中國庶民口頭文學之主要表現方式，在音樂性、描摹性、達情性方面都能取得良效。疊字既爲民間文學之重要表詮範式，風範俚俗的貫休詩也大量可見疊字的使用，或狀寫聲音、或表達感情、或形容氣候、或描述狀態，以下舉例分析之，如〈夜夜曲〉：

　　　　蟪蛄切切風騷騷，芙蓉噴香蟾蜍高。
　　　　孤燈耿耿征婦勞，更深撲落金錯刀。〔註227〕

　　按：「切切」形容蟪蛄（蟬類動物）的叫聲，「騷騷」形容風聲，
　　　　切切騷騷正暗喻著征婦低索幽微的心情。「耿耿」爲孤燈明
　　　　亮的樣子，也隱喻這盞燈在孤獨的深夜忠心陪伴征婦，照亮
　　　　她手中正爲征夫縫裁寒衣的金錯刀。

〔註226〕　夏傳才：《詩經語言藝術新編》（北京：語文出版社，1998年），頁
　　　　　56。
〔註227〕　陸永峰：《禪月集校注》卷一〈夜夜曲〉，頁11。

又如〈長持經僧〉：

> 嘮嘮長夜坐，嘮嘮長早起。杉森森，不見人。聲續續，如
> 流水。〔註228〕

按：不論日夜，持經僧嘮嘮不絕的念經聲迴盪在杉林中，聲音如
同流水接續不斷，但在繁密的杉樹林間卻尋覓不到僧人行
蹤，「嘮嘮、續續」都指向持經僧的存在，但眼前只見「森
森」林木，大有「只在此山中，雲深不知處」的隱約神祕之
美。

再如〈春晚書山家屋壁二首〉之一：

> 柴門寂寂黍飯馨，山家煙火春雨晴。庭花濛濛水泠泠，小
> 兒啼索樹上鳴。〔註229〕

按：「寂寂」除了描狀柴門轉動不順的聲音，也指山家門戶靜寂、
少人往來的情景。庭花「濛濛」指花開得繁茂，也指山間氣
候雲霧縹緲，花叢呈現一片迷濛。流水「泠泠」形容山泉聲
音激越清亮，也帶來清涼的感受，更呼應前面的「濛濛」，
營造出山林裡水氣旺盛之氣候環境。

再如〈東西二林寺流泉〉：

> 水爾何如此，區區矻矻流。墻墻邊瀝瀝，砌砌下啾啾。〔註230〕

按：以「區區矻矻」形容泉水微小卻勤勉不息的流，「墻墻、砌
砌」亦即牆和石砌〔註231〕。「瀝瀝、啾啾」均指水流微小的
聲音，泉水流過牆邊、階砌，發出瀝瀝啾啾的聲響。

由於貫休以疊字入詩的詩例太多，以上分析乃取一詩中疊字使用頻率
甚高的詩例予以說明，像狀寫聲音的還有「松品落落，雪格索索」、「木
落蕭蕭，蛩鳴唧唧」、「路路車馬鳴」、「萬水千山得得來」等；形容氣

〔註228〕 陸永峰：《禪月集校注》卷二〈長持經僧〉，頁40。
〔註229〕 陸永峰：《禪月集校注》卷二〈春晚書山家屋壁二首〉之一，頁39。
〔註230〕 陸永峰：《禪月集校注》卷十〈東西二林寺流泉〉，頁219。
〔註231〕 貫休〈大駕西幸秋日聞雷〉「莫道蒼蒼意，蒼蒼眼甚開」，「蒼蒼」
即指蒼天，與此處「墻墻、砌砌」指牆和石砌的用法相同。

候的還有「霰雨瀿瀿，風吼如嘶」、「苒苒春光方婉婉」、「花飛飛，雪霏霏」等；描述狀態的還有「所以蒿里，墳出戢戢」、「松森森，江渾渾」、「穆穆蜀俗，整整師律」、「伊飛伊走，乳乳良牧」等；狀寫味道的有「田舍老翁無可作，晝甌蒸梨香漠漠」；形容色澤的有「紫氣紅煙鮮的的，澗茗園瓜麴塵色」……。

另，雙音詞的重疊也常見於貫休詩例中，如：

柳門柳門，芳草芊綿。日日日日，黯然黯然。（〈送崔使君〉）
〔註232〕

古人古人自古人，今日又見民歌六七袴。（〈聞前王使君在澤潞居〉）〔註233〕

愚將草木兮有言有言，與華封人兮不別不別。（〈長安道〉）
〔註234〕

孤峯含紫煙，師住此安禪。不下便不下，如斯大可憐。（〈懷四明亮公〉）〔註235〕

不食更何憂，自由中自由。（〈休糧僧〉）〔註236〕

得力未得力，高吟夏又殘。（〈懷薛尚書兼呈東陽王使君〉）〔註237〕

有叟有叟，暮投我宿。吁嘆自語，云太苛酷。如何如何，掠脂幹肉。（〈酷吏詞〉）〔註238〕

雙音詞的重疊讓語意加重，如日日和黯然加重後成了「每一天都益發沮喪」、「自由」加重後成了比自由更自由的解放狀態。此外，兩個句子重疊的「疊句」狀況也有所表現，如：

鄰人歌，鄰人歌，古風清，清風生。（〈上留田〉）〔註239〕

〔註232〕 陸永峰：《禪月集校注》卷五〈送崔使君〉，頁111。
〔註233〕 陸永峰：《禪月集校注》卷五〈聞前王使君在澤潞居〉，頁118。
〔註234〕 陸永峰：《禪月集校注》卷一〈長安道〉，頁17。
〔註235〕 陸永峰：《禪月集校注》卷七〈懷四明亮公〉，頁165。
〔註236〕 陸永峰：《禪月集校注》卷十四〈休糧僧〉，頁295。
〔註237〕 陸永峰：《禪月集校注》卷十八〈懷薛尚書兼呈東陽王使君〉，頁377。
〔註238〕 陸永峰：《禪月集校注》卷二〈酷吏詞〉，頁29。
〔註239〕 陸永峰：《禪月集校注》卷一〈上留田〉，頁6。

湘江濱，湘江濱，蘭紅芷白波如銀。（〈讀離騷經〉）〔註240〕

別，別，若非仙眼應難別。不可說，不可說，離亂亂離應
打折。（〈讀顧況歌行〉）〔註241〕

疊句使詩歌呈現重疊復沓、反覆詠唱的音韻之美，以夏傳才揭示的「重
疊的句子多是能夠突出思想感情的句子」〔註242〕觀之，〈讀顧況歌行〉
的「不可說，不可說」正道盡詩人讀顧況歌行時那無法言詮之絕妙感
受，成了整首詩關鍵的感興表現。

　　《禪月集》裡的疊字、疊句不勝枚舉，使用範圍也很廣闊，對人、
事、物的描摹都有眾多詩例，如此頻繁的以疊字入詩，讓貫休詩的音
樂性、形象性得以提升，情感也得到深化，讀來呈現一股民謠的清新
風味。《文心雕龍・物色篇》云疊字的功用在「以少總多，情貌無遺
矣」〔註243〕，端視上舉這些詩例不但以少總多、情貌無遺，還飄逸
著素樸的美感、詠嘆的韻致，讓貫休詩於奇崛、清苦、批判的風貌外，
再添一抹清新雋永的民謠之美。

（二）雙關藏巧

　　雙關，乃語詞含有表裡二義，以此言彼，以一語關涉兩件事，分
諧音與諧義。《古代詩歌修辭》云：「所謂雙關，就是指不直陳本意，而
是借助諧音或諧義的辦法將原意暗示出來的一種修辭格式。」〔註244〕，
常見於民歌裡，如劉禹錫〈竹枝詞〉「楊柳青青江水平，聞郎江上唱歌
聲。東邊日出西邊雨，道是無晴還有晴」〔註245〕，字面上是云天氣的
「晴」與「不晴」，然而對照首兩句來看，這「晴」乃諧音「情」，是首

〔註240〕　陸永峰：《禪月集校注》卷一〈讀離騷經〉，頁 2。
〔註241〕　陸永峰：《禪月集校注》卷三〈讀顧況歌行〉，頁 60。
〔註242〕　夏傳才：《詩經語言藝術新編》，頁 67。
〔註243〕　〔南朝梁〕劉勰著、周振甫注：《文心雕龍注釋》「物色第四十六」，
　　　　　頁 845。
〔註244〕　周生亞：《古代詩歌修辭》，頁 147。
〔註245〕　〔唐〕劉禹錫著、瞿蛻園箋證：《劉禹錫集箋證》卷第二十七，樂
　　　　　府下〈竹枝詞二首〉之一（上海：上海古籍出版社，1989 年），頁
　　　　　868。

女子聞郎歌聲，拋出是否有情的羞澀問語。因此「晴」爲表，「情」爲裡也〔註246〕。此種雙關用法，在貫休詩歌也可得見，如〈古意九首·一雨火雲盡〉：

> 我有**雙白璧**，不羨於虞卿。我有**徑寸珠**，別是天地精。玩之室生白，瀟灑身安輕。〔註247〕

按：此詩「雙白璧、徑寸珠」應是「心」的諧義雙關，對照「玩之室生白」，「虛室生白」指心境若能保持虛靜，不爲欲念所蒙蔽，則能純白空明，眞理自出，因此無瑕的白璧和清透的明珠用以諧義「清明虛靜之心」可見矣。

又如〈行路難四首〉之一：

> 不會當時作天地，剛有多般愚與智。到頭還用眞宰心，如何上下皆清氣？大道冥冥不知處，那堪頓得義和彎？**義不義兮人不人**，擬學長生更容易。負心爲爐復爲火，緣木求魚應且止。君不見燒金煉石古帝王，鬼火熒熒白楊裏。〔註248〕

按：配合「義」來看，「人」應爲「仁」的諧音，貫休批判那些不行仁義擬學長生的古帝王，其行徑乃緣木求魚徒勞無功。「人不人」爲「仁不仁」的諧音雙關。

再如〈硯瓦〉：

> 淺薄雖頑樸，其如近筆端。低心蒙潤久，**入匣更身安**。應念研磨苦，無爲瓦礫看。儻然仁不棄，還可比琅玕。〔註249〕

按：此爲貫休於天復二年左右打算入蜀投靠王建之前所作的詠物

〔註246〕 湯高才先生指出這首詩寫一個愛情插曲，採用民歌常用的諧音手法，以天氣的「晴」與「不晴」來暗指對方的「有情」與「無晴」，把兩種不相關的事物巧妙的統一起來，造成一種旖旎嫵媚的詩情。並舉謝榛《四溟詩話》：「『東邊日出西邊雨，道是無晴還有晴？』措辭流麗，酷似六朝。」證成這兩句詩因襲了六朝民歌採用諧音雙關語的藝術特點。參見王元明主編：《劉禹錫詩文賞析集》（四川：巴蜀書社，1989年），頁116。

〔註247〕 陸永峰：《禪月集校注》卷二〈古意九首·一雨火雲盡〉，頁21。

〔註248〕 陸永峰：《禪月集校注》卷四〈行路難四首〉之一，頁72。

〔註249〕 陸永峰：《禪月集校注》卷八〈硯瓦〉，頁180。

詩，貫休的弟子於此詩作成後力勸他入蜀，此事《宋高僧傳》也曾記載。又五代的蜀地即今天的四川，四川爲峰峽地形，李白〈蜀道難〉〔註250〕即唱到「蜀道之難難於上青天」，然後形容蜀地之險峭地形「地崩山催壯士死，然後天梯石棧相鉤連。上有六龍回日之高，下有衝波逆折之回川」、「青泥何盤盤，百步九折縈巖巒」、「連峰去天不盈尺，枯松倒挂倚絕壁，飛湍瀑流爭喧豗，砅崖轉石萬壑雷」，更要「朝避猛虎，夕避長蛇」，因此李白興起「不如早還家」的感慨，可見蜀地的地形十分險惡。而貫休在晚唐藩鎮之間歷經政治曲折，也被遠貶溼熱的黔中染了滿身瘴癘，這時聽聞蜀地一片祥和，蜀主王建也重用唐之衣冠，於是興起入蜀的念頭，〈陳情獻蜀皇帝〉即云「河北江東處處災，唯聞全蜀勿塵埃。一缾一鉢垂垂老，萬水千山得得來。」。因而「匣」當與「峽」諧音，「入峽更身安」或爲貫休這首詠物詩所欲影射之心情。

雙關的使用雖然隱晦，卻能讓意義婉曲而不露，是民歌在尋求婉轉含蓄時，絕佳的修辭模式。尤其用在表明難以啓齒的心曲或有針對性指射時，更能給彼此一個緩和的暗示，十分符合溫柔敦厚之詩教。

二、推敲琢磨的運字技巧

（一）重字逞才

重字乃一句之中重複兩次以上相同文字，《文心雕龍‧鎔裁篇》云：「同辭重句，文之疣贅也。」〔註251〕，可知同字相犯乃詩家之大忌，尤其詩歌語言主凝練、一字之質力求包羅萬象，重字則犯音沓義複之弊，也讓詩才顯得困乏，因此重字通常爲詩家所避，亦不爲歷代詩評者所褒賞。然而，同爲詩僧的王梵志詩卻有大量重字的表現，朱鳳玉

〔註250〕 李白〈蜀道難〉，見《全唐詩》卷 162，頁 1681。
〔註251〕 〔南朝梁〕劉勰著、周振甫注：《文心雕龍注釋》「鎔裁第三十二」，頁 615。

《王梵志詩研究》即揭示了這點，也指出重字對節奏上具有特殊效果：

> 蓋句中重字於節奏上，具有特殊效果。一者，由於類似音
> 樂上的反覆結構，重字可使文氣一波緊接一波，使人有連
> 綿不絕的感覺，而達到前呼後應，旋律流暢的效果。再者，
> 因重字非疊字，其於詩句中有距離間隔，故能加強頓挫的
> 效果。使詩中情感的流動，文氣的迴運，能藉著重字反覆
> 而呈露出來。〔註252〕

這段分析指出了重字使用之妙效，不但能使文氣波波連盪，緊密綿
延，還能增加情感頓挫的力量，盡顯迴盪之情思。朱鳳玉先生對重字
的這段論點卓有見地，將之觀照也同王梵志詩一樣有大量重字表現的
貫休詩，很能作爲咀嚼的參照，而且貫休還在重字的組合上更富變
化，文字成了掌中物，在他的詩句中翻騰不已，以下舉例觀之。

一句重出二字者，此爲重字之基本模式，如：

> 逸**格格**難及，半先相遇稀。（〈觀棋〉）〔註253〕

> 滿眼盡瘡痍，**相逢相**對悲。（〈士馬後見赤松舒道士〉）〔註254〕

> 東野子何之，**詩**人始見**詩**。（〈讀孟郊集〉）〔註255〕

> 莫輕**白**雲**白**，不與風雨會。（〈古意九首·莫輕白雲白〉）〔註256〕

> 山翁留我**宿**又**宿**，笑指西坡瓜豆熟。（〈春晚書山家屋壁二首〉
> 之二）〔註257〕

> 寧知一**曲**兩**曲**歌，曾使千**人**萬**人**哭？（〈酷吏詞〉）〔註258〕

一句重出三字者，如：

> 覓**句句句**好，慚余筋力衰。（〈寄西山胡汾吳樵〉）〔註259〕

〔註252〕　朱鳳玉：《王梵志詩研究》（台北：台灣學生書局，1987年），頁235。

〔註253〕　陸永峰：《禪月集校注》卷十七〈觀棋〉，頁366。

〔註254〕　陸永峰：《禪月集校注》卷十六〈士馬後見赤松舒道士〉，頁341。

〔註255〕　陸永峰：《禪月集校注》卷七〈讀孟郊集〉，頁165。

〔註256〕　陸永峰：《禪月集校注》卷二〈古意九首·莫輕白雲白〉，頁25。

〔註257〕　陸永峰：《禪月集校注》卷二〈春晚書山家屋壁二首〉之二，頁39。

〔註258〕　陸永峰：《禪月集校注》卷二〈酷吏詞〉，頁30。

〔註259〕　陸永峰：《禪月集校注》卷十四〈寄西山胡汾吳樵〉，頁295。

日日先見日，煙霞多異香。(〈懷香爐峯道人〉) 〔註260〕

惟有吾庭前杉松，樹枝枝枝健在。(〈擬苦寒行〉) 〔註261〕

山東山色勝諸山，謝守清高不可攀。(〈秋末寄上桐江馮使君〉)

〔註262〕

君見道人憑與問，大還還字若為還？(〈送人遊茅山〉) 〔註263〕

一句重出四字者，如：

自來自去動洪爐，無象無私無處無。(〈春〉) 〔註264〕

一句兩組重字者，如：

至理至昭昭，心通即不遙。(〈避地毗陵上王慥使君〉) 〔註265〕

清畏人知人盡知，緡雲三載得宣尼。(〈上緡雲段使君〉) 〔註266〕

一握髼鬆一握絲，須知只為平戎術。(〈塞上曲二首〉之一)

〔註267〕

兩句重出三字者，如：

一別一公後，相思時一吁。(〈秋寄栖一〉) 〔註268〕

兩句重出四字者，如：

千人萬人中，一人兩人知。(〈古意九首‧乾坤有清氣〉) 〔註269〕

兩句重出六字者，如：

張顛顛後顛非顛，直至懷素之顛始是顛。(〈觀懷素草書歌〉)

〔註270〕

三句重出四字者，如：

〔註260〕 陸永峰：《禪月集校注》卷七〈懷香爐峯道人〉，頁149。
〔註261〕 陸永峰：《禪月集校注》卷二十六〈擬苦寒行〉，頁502。
〔註262〕 陸永峰：《禪月集校注》卷二十二〈秋末寄上桐江馮使君〉，頁446。
〔註263〕 陸永峰：《禪月集校注》卷二十四〈送人遊茅山〉，頁485。
〔註264〕 陸永峰：《禪月集校注》卷二十一〈春〉，頁420。
〔註265〕 陸永峰：《禪月集校注》卷十四〈避地毗陵上王慥使君〉，頁306。
〔註266〕 陸永峰：《禪月集校注》卷二十一〈上緡雲段使君〉，頁431。
〔註267〕 陸永峰：《禪月集校注》卷三〈塞上曲二首〉之一，頁56。
〔註268〕 陸永峰：《禪月集校注》卷十三〈秋寄栖一〉，頁266。
〔註269〕 陸永峰：《禪月集校注》卷二〈古意九首‧乾坤有清氣〉，頁24。
〔註270〕 陸永峰：《禪月集校注》卷六〈觀懷素草書歌〉，頁135。

丘軻文之**天**，代**天**有餘功。代**天**復代**天**，后稷何所從？（〈上
劉商州〉）〔註271〕

邠蘆盛**藥**行如風，病者與**藥**皆惺憶。**藥**王**藥**上親兄弟，救
人急於己諸體。（〈施萬病丸〉）〔註272〕

貫休詩的重字組合模式多元，呈現自由不拘的創作風貌，這與他「詩
老全拋格」〔註273〕的興感有所輝映，也符合貫休不羈曠放的性格，
是具個性化的創作風貌。總的來看，這些變化萬千的重字，爲詩歌帶
來詠嘆無窮的韻致，也有加強語氣、深化情感之效，還能看出詩人運
字的高妙技巧，畢竟要將同一個字在簡短的詩句中反覆使用而又須情
理通達，亦非簡單之事。重字在貫休筆下巧妙孕育，展開來看竟有如
萬花筒般令人炫目！

（二）鍛字鍊句

篇章乃由文字所構成，優秀的鍛字鍊句始能成就一篇佳作。誠如
《文心雕龍・章句》云「篇之彪炳，章無疵也；章之明麗，句無玷也；
句之清英，字不妄也。」〔註274〕，因此字句的鍛鍊成了創作之基本
功，倘若能臻至「捶字堅而難移，結響凝而不滯」〔註275〕之至境，
那麼章句將成爲不朽。鍛字鍊句不必刻意於險中求，高絕的鍛鍊乃能
在「平字見奇，常字見險，陳字見新，樸字見色」〔註276〕，盧延讓
「吟安一個字，撚斷數莖鬚」〔註277〕實道盡追求堅實確切而能凡字
中見新意之辛苦鍊字過程。

〔註271〕　陸永峰：《禪月集校注》卷三〈上劉商州〉，頁52。
〔註272〕　陸永峰：《禪月集校注》卷六〈施萬病丸〉，頁127。
〔註273〕　陸永峰：《禪月集校注》卷十〈離亂後寄九華和尚二首〉之一，頁215。
〔註274〕　〔南朝梁〕劉勰著、周振甫注：《文心雕龍注釋》「章句第三十四」，
頁647。
〔註275〕　〔南朝梁〕劉勰著、周振甫注：《文心雕龍注釋》「風骨第二十八」，
頁553。
〔註276〕　〔清〕沈德潛：《說詩晬語》卷下，收錄於續修四庫全書編纂委員
會編：《續修四庫全書》第1701冊，集部，詩文評類，頁18。
〔註277〕　盧延讓〈苦吟〉，見《全唐詩》卷715卷，頁8212。

再者，錘鍊之字常成爲「詩眼」，其精確度往往使詩句有如畫龍點睛，騰躍超脫，中晚唐苦吟詩人的月鍛季鍊精神與「詩成鬢亦絲」之刻苦，乃見詩人體察這關鍵字對整體詩情的強大影響。絕妙的詩眼爲章句之形象、力度加分，尤其一句中的「動詞」是詩人喜愛鍛鍊之處，《唐詩瑣語》云：「動詞，古人謂之『句眼』。一句詩有無生氣，往往全在這一動詞上。」〔註278〕，端看詩人把玩操作這些關鍵動詞，手法細膩微妙，在單純的以動詞提點詩情外，還常見轉品、轉化的鍊字手法，以下據以觀照貫休詩在字句上的鍛鍊。

貫休作品流於野樸，然仍有生動鮮活、新奇脫俗的鍛字之作，以下舉例賞析：

1. 純以動詞鍊句，如〈題惠琮律師院〉：

猿**撥**孤雲破，鐘**撞**眾木疏。〔註279〕

按：以「撥」字寫活了猿猴頑皮的形象，撥破孤雲的意象著實新鮮。眾木受鐘撞而稀疏，想必鐘撞乃鐘聲之擊盪，「撞、疏」二字使虛之聲得到具象化的落實。

又如〈題淮南惠照寺律師院〉：

茗滑香**黏**齒，鐘清雪**滴**樓。〔註280〕

按：「黏」字讓茗香的附著力大大提升，也讓人深刻感受到此茗之濃郁異常，「黏」字的鍛鍊落實了虛而難捉的「香味」。雪水「滴」樓予人清透冰澈的感受，呼應鐘聲之「清」讓簡短五字頓現清朗冷寂之境。

又如〈送于兢補闕赴京〉：

冷**驚**蟬韻斷，涼**觸**火雲驤。〔註281〕

按：「驚」字加深了「冷」的程度，也鮮活了蟬的形象。「觸」是

〔註278〕 文津編輯部：《唐詩瑣語》（台北：文津出版社，1985 年），頁 119。
〔註279〕 陸永峰：《禪月集校注》卷八〈題惠琮律師院〉，頁 183。
〔註280〕 陸永峰：《禪月集校注》卷十四〈題淮南惠照寺律師院〉，頁 301。
〔註281〕 陸永峰：《禪月集校注》卷十五〈送于兢補闕赴京〉，頁 314。

微微碰到的動作，微微碰到就足夠使火雲隳顯示此「涼」必定冰涼徹骨，「觸」字加深了「涼」的程度，鮮活了冷熱交會的瞬間。

再如〈寄中條道者〉：

> 虎鬚**懸**瀑滴，禪納**帶**苔痕。〔註282〕

按：「懸」字之妙在於靈活了虎鬚沾水的畫面，也讓老虎的凶猛在「懸」字中悄然化解，甚至予人莫名的喜感。而禪納「帶」苔痕，用「帶」比用「沾」或「黏」還要來得有情。此對句以「懸、帶」二字鍊出溫暖詩情。

2. 以轉品鍊句，如〈寒夜有懷同志〉：

> 疏鐘**寒**遍郭，微雪**靜**鳴條。〔註283〕

按：「寒、靜」皆爲形容詞，詩人鍊成動詞不但讓詩句更凝練，也讓「寒、靜」的感受性更爲鮮明，凸顯寒冷靜寂的氛圍。

再如〈陪馮使君遊六首·錦沙墕〉：

> 草**媚**蓮塘資逸步，雲生松壑有新詩。〔註284〕

按：「媚」爲形容詞，描寫綺豔的姿態，詩人鍊成動詞，鮮活了草之繁茂態，也予人春天萬物明媚蓬勃的感受。

3. 以轉化鍊句，如〈題令宣和尚院〉：

> 泉聲**淹**臥榻，雲片**犯**爐香。〔註285〕

按：聲音爲無實體存在，「淹」爲覆蓋實體之動作，以「淹」鍊聲音乃形象化之手法。「犯」有侵擾意，通常爲生命個體之舉，用於片雲則爲擬人手法鍊句，黃永武先生認爲擬人能生趣〔註286〕，詩人以「犯」鍊雲不但逸趣橫生，還饒富新意。

〔註282〕 陸永峰：《禪月集校注》卷十六〈寄中條道者〉，頁347。

〔註283〕 陸永峰：《禪月集校注》卷十五〈寒夜有懷同志〉，頁310。

〔註284〕 陸永峰：《禪月集校注》卷二十四〈陪馮使君遊六首·錦沙墕〉，頁473。

〔註285〕 陸永峰：《禪月集校注》卷十六〈題令宣和尚院〉，頁339。

〔註286〕 黃永武：《字句鍛鍊法》，頁216。

又如〈寄廬山大願和尚〉：

  雪**洗**香爐碧，霞**藏**瀑布紅。〔註287〕

  按：「洗、藏」二字將雪、霞擬人化，而「洗」通常搭配液體使
    用，此詩用於固態的雪，有脫俗的效果，實乃陳字見新。

又如〈送僧之湖南〉：

  宿雨和花落，春牛**擁**霧耕。〔註288〕

  按：「擁」爲雙手勾摟之姿，用於春牛身上則爲擬人手法。而尋
    常的耕耘起霧場景透過「擁」字焠鍊，意境再翻一層，詩化
    了春耕的苦辛，也在鍊字中朗見詩人靈思獨運。

再如〈避地毗陵寒月上孫徽使君兼寄東陽王使君三首〉之三：

  松聲**冷浸**茶軒碧，苔點**狂吞**納線青。〔註289〕

  按：以「浸」鍊松聲乃形象化之手法，「狂吞」將苔點擬人，也
    讓苔的蔓衍姿態更加鮮活。

鍛字鍊句可得意象之新穎、高奇、韻致，因此爲詩人孜孜矻矻所投注
於創作的焦點，清人薛雪云：「篇中鍊句、句中鍊字，鍊得篇中之意工
到，則氣韻清高深渺、格律雅健雄豪，無所不有能事畢矣。」〔註290〕，
可知字句的錘鍊對詩歌氣韻、格律提升有莫大助益，即便野樸朗健如
貫休之輩也曾有「因知好句勝金玉，心極神勞特地無」〔註291〕的苦思
冥搜之創作歷程，一切只爲了鍊得勝於金玉的好句，看來執著於詩吟
之人都在鍛字鍊句中爲自己的作品尋找堅實而難易的字眼，綜上詩例
與賞析觀之，洵可體察也。

〔註287〕 陸永峰：《禪月集校注》卷十八〈寄廬山大願和尚〉，頁376。
〔註288〕 陸永峰：《禪月集校注》卷十一〈送僧之湖南〉，頁231。
〔註289〕 陸永峰：《禪月集校注》卷二十二〈避地毗陵寒月上孫徽使君兼寄
    東陽王使君三首〉之三，頁445。
〔註290〕 〔清〕薛雪：《一瓢詩話》卷四十七，收錄於續修四庫全書編纂
    委員會編：《續修四庫全書》第 1701 冊，集部，詩文評類，頁
    104。
〔註291〕 陸永峰：《禪月集校注》卷二十二〈苦吟〉，頁450。

第四節　修辭技巧

　　修辭的使用能增進語言表達的效果、提高藝術美感，因此探討修辭技巧爲更好一覽詩人才情的方式。貫休詩能釐析出映襯、頂眞、排比、設問、對偶、誇飾等修辭技巧，以下引詩例探討貫休運用修辭技巧所做出的藝術表現。

一、映襯：禪師教化之慣用手法

　　詩僧基於佛教教義的宣說而常採用今／昔、生／滅、聚／散等映襯手法來揭示「空」的本質，以勸世人勿執迷現象界的追求應尋求解脫之道，貫休詩運用映襯法之處極多。所謂映襯，《古代詩歌修辭》云：「映襯的主要修辭作用在於通過客體人物或事物的襯托，使主體的人物或事物更加突出。」〔註 292〕分爲正襯和反襯。正襯就是客體從正面去烘托主體，使主體的形象或意旨能更爲突出。貫休詩正襯的例子列舉如下，〈古塞下曲四首〉之四：

　　　　戰血染黃沙，風吹映天赤。〔註 293〕

　　按：以天之赤色正襯染血黃沙之綿綿不盡，傳達戰事傷亡之慘烈。

又如〈秋末江行〉：

　　　　四顧木落盡，扁舟增所思。……斷猿不堪聽，一聽亦同悲。
　　　　〔註 294〕

　　按：以斷猿淒切的叫聲正襯自己秋末江行的愁苦心情。

又如〈避寇上唐臺山〉：

　　　　蒼遑緣鳥道，峯脅見樓臺。檉桂香皆滴，煙霞溼不開。〔註 295〕

　　按：以濃重凝滯的煙霞正襯自己匆迫逃難避寇的心境。

再如〈古塞上曲七首〉之二：

　　　　中軍殺白馬，白日祭蒼蒼。……朔雲含凍雨，枯骨放妖光。

〔註 292〕　周生亞：《古代詩歌修辭》（北京：語文出版社，1995 年），頁 158。
〔註 293〕　陸永峰：《禪月集校注》卷四〈古塞下曲四首〉之四，頁 81。
〔註 294〕　陸永峰：《禪月集校注》卷八〈秋末江行〉，頁 169。
〔註 295〕　陸永峰：《禪月集校注》卷九〈避寇上唐臺山〉，頁 198。

〔註 296〕

> 按：以朔雲含凍雨正襯戰地氣候之險惡、以枯骨放妖光正襯戰事
> 之慘烈，戰場猶如一座鬼域。

除了正襯，反襯更為貫休作詩極為常用的修辭技巧。反襯乃客體從反面去烘托主體，使主體的形象或意旨能以警策之姿做諭世之效，尤其僧詩中常用以宣揚佛教「空」之主張，貫休詩在這方面的表現也很道地，如〈洛陽塵〉：

> 昔時昔時洛城人，今作茫茫洛城塵。我聞富有石季倫，樓
> 臺五色干星辰。樂如天樂日夜聞，錦妹繡妾何紛紛。眞珠
> 簾中，姑射神人。文金線玉，香成暮雲。孫秀若不殺，晉
> 室應更貧。伊水削行路，塚石花磷磷。蒼茫金谷園，牛羊
> 齕荊榛。飛鳥好羽毛，疑是綠珠身。〔註 297〕

> 按：以茫茫洛城塵反襯昔時洛城人，以如今路毀墳截截、牛羊滿
> 地齕荊榛反襯昔時的豪奢華麗之歌樓舞榭。

如〈古意九首·古交如眞金〉：

> 古交如眞金，百煉色不回。今交如暴流，儵忽生塵埃。
> 我願君子氣，散為青松栽。我恐荊棘花，只為小人開。

〔註 298〕

> 按：以今交如來去倏忽的暴流轉眼滿佈塵埃反襯古交如眞金不怕
> 火煉的堅定，以美麗多刺的荊棘花反襯長青的松柏栽，寫小
> 人與君子之迥異的德操。

如〈陳宮詞〉：

> 緬想當時宮闕盛，荒宴椒房懷堯聖。
> 玉樹花歌百花裏，珊瑚窗中海日迸。
> 大臣來朝酒未醒，酒醒忠諫多不聽。
> 陳宮因此成野田，耕人犁破宮人鏡。〔註 299〕

〔註 296〕 陸永峰：《禪月集校注》卷十一〈古塞上曲七首〉之二，頁 236。
〔註 297〕 陸永峰：《禪月集校注》卷一〈洛陽塵〉，頁 18。
〔註 298〕 陸永峰：《禪月集校注》卷二〈古意九首·古交如眞金〉，頁 25。

　　按：以如今一片野田的陳宮遺址反襯奢華荒淫的過往陳宮，以耕
　　　　人犁破照盡紅顏粉黛的妝鏡反襯當年宮闕裡那些數不盡的
　　　　鶯鶯燕燕。

如〈對月作〉：
　　古人求祿以及親，及親如之何？忠孝爲朱輪。今人求祿唯
　　庇身。庇身如之何？惡木多斜文。〔註300〕
　　按：以今人求祿用意在庇身反襯古人求祿用意在盡忠行孝，以惡
　　　　木多斜文反襯良木生朱輪，喻今昔人心之遞變。

如〈行路難四首〉之一：
　　君不見燒金煉石古帝王，鬼火熒熒白楊裡。〔註301〕
　　按：以白楊裡的點點鬼火反襯追求長生不死的昏昧帝王。

如〈山居詩二十四首并序〉之四：
　　君看江上英雄塚，只有松根與柏槎。〔註302〕
　　按：以今日滿目的松根柏槎反襯昔日該址那些英風蕩蕩的英雄
　　　　塚。

如〈山居詩二十四首并序〉之二十二：
　　自古浮華能幾幾，逝波終日去滔滔。
　　漢王廢苑生秋草，吳主荒宮入夜濤。〔註303〕
　　按：以今日的滿園荒草與滿潮浪濤反襯昔日壯盛不可一世的漢殿
　　　　與吳宮。

如〈古塞下曲四首〉之三：
　　帝鄉青樓倚霄漢，歌吹掀天對花月。

〔註299〕 陸永峰：《禪月集校注》卷二〈陳宮詞〉，頁32。
〔註300〕 陸永峰：《禪月集校注》卷三〈對月作〉，頁66。
〔註301〕 陸永峰：《禪月集校注》卷四〈行路難四首〉之一，頁72。
〔註302〕 陸永峰：《禪月集校注》卷二十三〈山居詩二十四首并序〉之四，
　　　　 頁454。
〔註303〕 陸永峰：《禪月集校注》卷二十三〈山居詩二十四首并序〉之二十
　　　　 二，頁466。

豈知塞上望鄉人，日日雙眸滴清血。〔註304〕

按：以戰士望鄉欲穿彷彿要滴血的眼神反襯京城裡那歌舞喧天的熱鬧暢懷。

如〈偶作五首〉之五：

君不見金陵風臺月榭煙霞光，如今五里十里野火燒茫茫。君不見西施綠珠顏色可傾國，樂極悲來留不得。君不見漢王力盡得乾坤，如何秋雨灑廟門。銅臺老樹作精魅，金谷野狐多子孫。〔註305〕

按：以遍地野火反襯昔日風光一時的歌樓舞榭，以樂極生悲的亡國事實反襯性好漁色之古帝王，以如今廟門滿秋雨反襯昔時盡力奪乾坤的漢代君王，以老樹成精魅和野狐多子孫反襯昔時風華絕代的銅臺和鼎盛繁華的金谷園。

綜上之例，使用映襯的手法寫作能深化詩情主體，有程度上的渲染之效。再者，對教化式的創作思想也有婉曲、示例的功能，使生硬的說教語言轉化為警策人心的歷史教訓，使作者言盡、讀者意會。

二、頂眞：唱嘆承轉之多重運用

頂眞又稱連環，《古代詩歌修辭》云：「所謂連環，就是指處於上句末尾的詞、語、句與下句開頭部份完全相同的一種修辭格式。」〔註306〕，其功用在於「前後頂接，蟬聯而下，促使語氣銜接、略不間斷」〔註307〕，由於上下句以相同文字環扣在一起，因此起到了循環無窮、再唱再嘆的音韻之美，也有語意過渡、承轉之橋樑功效。以下列舉貫休詩中的頂眞修辭並作說明，如〈擬君子有所思二首〉：

陋巷蕭蕭風淅淅，緬想斯人勝珪璧。寄寥千載不相逢，無限區區**盡虛擲**。**盡虛擲**，君不見沈約道，佳人不在茲，春

〔註304〕 陸永峰：《禪月集校注》卷四〈古塞下曲四首〉之三，頁81。
〔註305〕 陸永峰：《禪月集校注》卷五〈偶作五首〉之五，頁116。
〔註306〕 周生亞：《古代詩歌修辭》，頁97。
〔註307〕 黃永武：《字句鍛鍊法》，頁154。

光爲誰惜？〔註308〕

按：此詩頂眞處使語氣轉折直下，由前半段憂傷感慨的心境，轉
爲後半段憤慨激動之情。

如〈對月作〉：

今人看此月，古人看此月。如何古人心，難向今人說。古
人求祿以**及親**，**及親**如之何？忠孝爲朱輪。今人求祿唯**庇
身**。**庇身**如之何？惡木多**斜文**。**斜文**復斜文，顚室何紛紛！
〔註309〕

按：此詩頂眞處安排爲設問，使行文於「古人求祿以及親」和
「今人求祿唯庇身」之處略爲停頓，引人思考，然後再說
出「忠孝爲朱輪」和「惡木多斜文」的答案，此頂眞作爲
「語氣停頓」之妙用受貫休演繹。

如〈黃鶯〉：

一種爲春禽，花中開羽翼。如何此鳥身，便作**黃金色**？**黃
金色**，若逢竹實終不食。〔註310〕

按：此詩頂眞處爲問答句之問與答。

如〈送僧入馬頭山〉：

北風倒人，乾雪不聚，滿頭霜雪**湯雪去**。**湯雪去**，無人及，
空望眞氣江上立。〔註311〕

按：此詩頂眞處爲過場性質，第二個「湯雪去」並無實質存在的
意義，但卻能讓整首詩吟詠起來更具迴旋往復之韻致。〈送
姜道士歸南岳〉「萬里清風嘯一聲，九眞須拍黃金几。葉落
蕭蕭□杏□，送師言了**意未了**。**意未了**，他時爲我致取一部
音聲鳥。」〔註312〕的頂眞用法也同爲過場性質。

〔註308〕　陸永峰：《禪月集校注》卷四〈擬君子有所思二首〉之一，頁79。
〔註309〕　陸永峰：《禪月集校注》卷三〈對月作〉，頁66。
〔註310〕　陸永峰：《禪月集校注》卷六〈黃鶯〉，頁143。
〔註311〕　陸永峰：《禪月集校注》卷五〈送僧入馬頭山〉，頁106。
〔註312〕　陸永峰：《禪月集校注》卷二〈送姜道士歸南岳〉，頁43。

如〈讀離騷經〉：

> 我恐湘江之魚兮，死後盡爲人。曾食靈均之肉兮，箇箇爲忠臣。又想靈均之骨兮，終不曲。千年波底色如玉，誰能入水少取得？香沐函題**貢上國**。**貢上國**，即全勝和璞懸黎，垂棘結綠。〔註313〕

按：此詩頂眞處有「強調」意味，強調若將屈原之忠骨進貢上國，那麼這忠義之物的價值必定勝過和氏璧之類的純正美玉。貫休以頂眞之法再次強調「進貢上國」的願望。

如〈古意代友人投所知〉：

> 青松雖**有花**，**有花**不如無。貧井泉雖清，且無金轆轤。〔註314〕

按：此詩頂眞處用以慨歎，雖再次強調「有花」但卻感覺「不如無」。前面〈讀離騷經〉的頂眞法用以正面強調，此處的頂眞法則成了負面強調。

如〈送盧舍人三首〉之一：

> 勸君不用登峴首山，讀羊祜碑，男兒事業須自奇。此碑山頭如日月，日日照**人人不知**。**人不知**，青山白雲徒爾爲！
>
> 〔註315〕

按：此詩頂眞處有再次強調並予以指責之用意，指責那些不知羊祜「文爲辭宗，行爲世表」之人。

上述詩例均採用頂眞法，卻呈現多樣化的作用與表詮方式，或過渡語氣、或作爲停頓、或巧設問答、或純屬過場、或再次強調、或用以指責，將頂眞法運用得靈活至極，逸趣橫生，讓人見識到貫休高妙絕倫的創作技巧。

三、排比：遞進與敘事之表現手法

《古代詩歌修辭》云：「結構相同或相近、語氣一致、內容密切

〔註313〕 陸永峰：《禪月集校注》卷一〈讀離騷經〉，頁2。
〔註314〕 陸永峰：《禪月集校注》卷三〈古意代友人投所知〉，頁50。
〔註315〕 陸永峰：《禪月集校注》卷六〈送盧舍人三首〉之一，頁140。

相關的一組句子上下排列起來,藉以增強語勢的一種修辭方式就叫排比。」〔註316〕,可知排比的作用之一乃增強語勢,以貫休詩例來看,如〈上留田〉:

> 父不父,兄不兄。上留田,螫賊生。徒徒岡,淚崢嶸。**我欲使諸凡鳥雀,盡變爲鵠鴿。我欲使諸凡草木,盡變爲田荊。**鄰人歌,鄰人歌。古風清,清風生。〔註317〕

按:將願景以排比的方式呈現,確實有增強意志的效果,讓這份願景的企圖心更加堅決。

又如〈偶作五首〉之五:

> **君不見金陵鳳臺月榭煙霞光,如今五里十里野火燒茫茫。君不見西施綠珠顏色可傾國,樂極悲來留不得。君不見漢王力盡得乾坤,如何秋雨灑廟門。**銅臺老樹作精魅,金谷野狐多子孫。〔註318〕

按:此詩將三個歷史興亡作排比,起反覆詠嘆之作用,而越詠越感悲切。前面〈上留田〉的排比屬正面增強語勢,此詩的排比則爲負面增強語勢。

再如〈經古戰場〉:

> 茫茫凶荒,迥如天設。駐馬四顧,氣候迂結。秋空崢嶸,黃日將沒。多少行人,白日見物。**莫道路高低,盡是戰骨。莫見地赤碧,盡是征血。**昔人昔人,既能忠盡於力,身靡戈戰。脂其風,膏其域。今人何不繩其膝,植其食。而使空曠年年,常貯愁煙。使我至此,不能無言。〔註319〕

按:此詩運用排比揭示戰場慘烈的傷亡,第一次「莫道路高低,盡是戰骨」已引起震驚,第二次「莫見地赤碧,盡是征血」再次加深震驚感受,驚悚指數因使用排比法而飆升。

〔註316〕 周生亞:《古代詩歌修辭》,頁66。
〔註317〕 陸永峰:《禪月集校注》卷一〈上留田〉,頁6。
〔註318〕 陸永峰:《禪月集校注》卷五〈偶作五首〉之五,頁116。
〔註319〕 陸永峰:《禪月集校注》卷二〈經古戰場〉,頁33。

排比法除了增強語勢之外，還有敘事的功能，可讓欲條列陳述之事清楚交代，如〈古意九首・一雨火雲盡〉：

> 一雨火雲盡，閉門心冥冥。蘭花與芙蓉，滿院同芳馨。佳人天一涯，好鳥何嚶嚶。**我有雙白璧，不羨于虞卿。我有徑寸珠，別是天地精。**玩之室生白，瀟灑身安輕。只應天上人，見我雙眼明。〔註320〕

> 按：將我有的雙白璧與徑寸珠條列化揭示，清楚明白；而「不羨于虞卿、別是天地精」則繼雙白璧與徑寸珠之後作出己志的說明。總的來看，此處使用排比能達至清楚說明之效。

又如〈擬君子有所思二首〉之一：

> **我愛正考甫，思賢作商頌。我愛揚子雲，理亂皆如鳳。**振衣中夜起，露花香旖旎。撲碎驪龍明月珠，敲出鳳皇五色髓。陋巷蕭蕭風淅淅，緬想斯人勝珪璧。寂寥千載不相逢，無限區區盡虛擲。君不見沈約道，佳人不在茲，春光爲誰惜？〔註321〕

> 按：此詩以排比方式娓娓道出詩人欣賞正考甫與揚子雲，爲何欣賞？原因則緊接在後作出說明。整體看來，清楚明瞭。

綜合觀之，排比法的使用可做到加強語勢，有層層遞進的功能，適合用於情緒的表達，可收渲染之效。又，以排比行陳述能獲簡練明白之功。此二者乃貫休詩使用排比所能達致之效果。

四、設問：民謠與議論之雙重風調

設問法常見於民歌樂府，是一種活潑的表現方式，可以角色扮演，如〈艷歌羅敷行〉「使君從南來，五馬立踟躕。使君遣吏往，問是誰家姝。『秦氏有好女，自名爲羅敷。』羅敷年幾何？『二十尙不足，十五頗有餘。』使君謝羅敷，『寧可共載不？』羅敷前致詞……」；也可以敦促讀者思考，如蘇軾〈和子由澠池懷舊〉「人生到處之何似？應似飛

〔註320〕 陸永峰：《禪月集校注》卷二〈古意九首・一雨火雲盡〉，頁21。
〔註321〕 陸永峰：《禪月集校注》卷四〈擬君子有所思二首〉之一，頁79。

鴻踏雪泥。」；還能創造餘韻，如李白〈江夏行〉「如今正好同歡樂，
君去容華誰得知？」。此外，和設問有裙帶關係的是反問，《古代詩歌
修辭》云：「反問也叫反詰，是以反問句的形式來表達確定內容的一種
修辭方式。」〔註322〕，通常反問的使用乃在於作者心中已有定見，他
以問句的形式來表達，通常用以使讀者反省、達到強調效果，也避免
平鋪直敘的說教，又稱激問。以上這些表現都能盡見於貫休詩作中。

　　首先，以設問促讀者思考者，如〈對月作〉：
　　　　古人求祿以及親，**及親如之何？忠孝爲朱輪**，今人求祿唯
　　　　庇身。**庇身如之何？惡木多斜文。**〔註323〕
　　按：「及親如之何？、庇身如之何？」都是引誘讀者進行思考的
　　　　節點，然後作者才道出自己的見解。

又如〈大隱四字龜鑒〉：
　　　　在塵出塵，**如何處身？見善努力，聞惡莫親。**〔註324〕
　　按：此詩爲座右銘類的勸世歌詩，用設問法可以緩衝一連串的說
　　　　教語言，讓讀者有進行反省思考的空間。

以上亦即設問法中的「提問」，屬自問自答。〈深山逢老僧二首〉「擔
頭何物帶山香，一籮白蕈一籮栗。」〔註325〕也是標準的提問，提問
的使用可破除平鋪直敘，讓語言更有層次和變化。再者，行角色扮演
者，如〈酷吏詞〉：
　　　　有叟有叟，暮投我宿。吁嘆自語，云太苛酷。**如何如何，
　　　　掠脂斡肉。**吳姬唱一曲，等閒破紅束。韓娥唱一曲，錦段
　　　　鮮照屋。**寧知一曲兩曲歌，曾使千人萬人哭？**不惟哭，亦
　　　　白其頭。饑其族，所以祥風不來，和氣不復，蝗乎賊乎，
　　　　東西南北。〔註326〕

〔註322〕　周生亞：《古代詩歌修辭》，頁112。
〔註323〕　陸永峰：《禪月集校注》卷三〈對月作〉，頁66。
〔註324〕　陸永峰：《禪月集校注》卷二十六〈大隱四字龜鑒〉，頁515。
〔註325〕　陸永峰：《禪月集校注》卷六〈深山逢老僧二首〉之二，頁132。
〔註326〕　陸永峰：《禪月集校注》卷二〈酷吏詞〉，頁29。

按：本詩角色有貫休與老叟二人，「如何如何？」是貫休之言，「掠脂斡肉」則是老叟的回答。「寧知一曲兩曲歌，曾使千人萬人哭？」是貫休對那些荒淫酷吏的指責，意指酷吏絲毫不知他們的行徑已是將自己的快樂建築在別人的痛苦上了，此處情緒在設問法的使用下更顯激憤，屬激問法。

而將設問擺在末句則讓人有餘韻不絕的感受，如〈戰城南二首〉之二：

磧中有陰兵，戰馬時驚蹶。輕猛李陵心，摧殘蘇武節。黃金鎖子甲，風吹色如鐵。**十載不封侯，茫茫向誰說？**〔註327〕

按：南征北討的將士疲累不堪，面對無止境的征戰無法收兵封侯，這種茫然悲戚的心情要向誰訴說呢？末句用設問作結眞是餘音嫋嫋。

又如〈擬君子有所思二首〉之一：

陋巷蕭蕭風淅淅，緬想斯人勝珪璧。寂寥千載不相逢，無限區區盡虛擲。盡虛擲，**君不見沈約道，佳人不在茲，春光爲誰惜？**〔註328〕

按：佳人不在，春光有何惜？道盡思念佳人的濃烈心曲，雖然詩句在此作結，但卻餘韻不絕。

再如〈古塞下曲四首〉之二：

戰骨踐成塵，飛入征人目。黃金忽變黑，戰鬼作陣哭。陰風吼大漠，火號出不得。**誰爲天子前，唱此邊城曲？**

〔註329〕

按：整個戰場傷亡慘烈，氣氛肅殺，邊境的氣候也惡劣至極，詩人一想到宮闕裡仍舊歌舞昇天，一點也感受不到邊境戰場之苦，不由得憤激的說「誰爲天子前，唱此邊城曲？」，以設問作結還和著綿綿不絕的惆悵。

〔註327〕 陸永峰：《禪月集校注》卷一〈戰城南二首〉之二，頁13。
〔註328〕 陸永峰：《禪月集校注》卷四〈擬君子有所思二首〉之一，頁79。
〔註329〕 陸永峰：《禪月集校注》卷四〈古塞下曲四首〉之二，頁81。

此外，貫休也用反問法（激問）道出自己內心的定見，如〈胡無人〉：

　　我聞之，天子富有四海，德被無垠。但令一物得所，八表　來賓，**亦何必令彼胡無人？**〔註330〕

　　按：意指不須對胡人趕盡殺絕。

又如〈富貴曲二首〉之二：

　　如神若仙，似蘭同雪。樂戒于極，**胡不知輟？**〔註331〕

　　按：意指樂極之後就要知所節制。

再如〈續姚梁公座右銘并序〉：

　　身危彩虹，景速奔馬，**胡不自彊？**將昇玉堂，**胡爲自墜？**

　　〔註332〕

　　按：意指面對生命如彩虹般一瞬而逝、時光猶如奔馬般迅疾而　　　過，要更自我圖強。明明就有高昇的機會，千萬不要自我墜　　　落。

　　貫休詩歌的設問法使用頻率不低，讀起來很有民歌風味，也有教化百姓、循循善誘之功效，更帶有議論之質對事理作出明確主張。設問法的使用讓貫休詩更爲活潑，更見情緒。

五、對偶：音韻與對稱之詩歌美感

　　詩歌的藝術美來自於和諧的音韻與對稱的美感，對偶便成了古典詩歌語言中很典型的修辭技巧。《古代詩歌修辭》云：「對偶就是結構相同，字數相等，意義相關的兩個詞組或句子並列在一起的一種修辭格式。」〔註333〕，不但能使詩歌音韻和諧，同時也使詩歌成爲意象性語言。「對偶」的型態大致可從內容和形式兩方面探討，依周生亞先生的歸納，從內容角度而言分爲正對、反對、串對；從形式角度而言分爲本句對、鄰句對、隔句對。以下舉詩例分析之。

〔註330〕陸永峰：《禪月集校注》卷一〈胡無人〉，頁7。
〔註331〕陸永峰：《禪月集校注》卷一〈富貴曲二首〉之二，頁19。
〔註332〕陸永峰：《禪月集校注》卷四〈續姚梁公座右銘〉，頁89。
〔註333〕周生亞：《古代詩歌修辭》，頁52。

（一）從內容角度而言

1. 正　對

從兩個不同角度來說明同一道理的對偶形式。如〈古塞上曲七首〉之一、〈天台老僧〉：

> 月明風拔帳，磧暗鬼騎狐。〔註334〕

按：從狂風與處處藏險的沙石來形容邊塞地理氣候環境的惡劣　　險峻。

> 白髮垂不剃，清眸笑更深。〔註335〕

按：從垂落的白髮和清澈的眼眸來形容天台老僧的外貌。

2. 反　對

構成對偶的上下兩個詞組或句子在意義上剛好相反。如〈贈晦公禪人〉、〈經吳宮〉：

> 有句雖如我，無心未似君。〔註336〕

按：「有」對「無」，在意義上相反。

> 妖艷恩餘宮露濁，忠臣心苦海山青。〔註337〕

按：「妖艷」對「忠臣」，「濁」對「清」（「青」與「清」諧音），　　在意義上相反。

3. 串　對

構成對偶的上下兩個詞組或句子，在意義上具有相承、因果、假設等種種語法關係的一種對偶形式。因為這種對偶形同流水，上下銜接很緊，所以又叫「流水對」。如〈偶作二首〉之二、〈贈抱麻劉舍人〉：

> 只見青山高，豈見青山平！〔註338〕

按：因為「只」見青山高，所以忽略了應有「青山平」的危機意

〔註334〕 陸永峰：《禪月集校注》卷十一〈古塞上曲七首〉之一，頁235。
〔註335〕 陸永峰：《禪月集校注》卷七〈天台老僧〉，頁156。
〔註336〕 陸永峰：《禪月集校注》卷十六〈贈晦公禪人〉，頁344。
〔註337〕 陸永峰：《禪月集校注》卷二十五〈經吳宮〉，頁490。
〔註338〕 陸永峰：《禪月集校注》卷二〈偶作二首〉之二，頁38。

識。兩句有緊密的因果關係。

　　玉寒方重澀，松古更清皴。〔註339〕

按：因爲氣候寒而澀，所以古松的樹皮更加皺縮皸裂。兩句有緊
　　密的因果關係。

（二）從形式角度而言

1. 本句對

　　又稱當句對或句中對，指的是構成對偶的兩個句子，首先是一句
之內的語詞自對，然後再句與句相對。如〈上新定宋使君〉、〈東陽罹
亂後懷王慥使君五首〉之四：

　　水疊山重擎草疏，砧清月苦立霜風。〔註340〕

按：水疊對山重，砧清對月苦，然後「水疊山重」對「砧清月苦」。

　　黃金白玉家家盡，繡闥雕甍處處燒。〔註341〕

按：「黃金」對「白玉」，「繡闥」對「雕甍」，然後「黃金白玉」
　　對「繡闥雕甍」。

2. 鄰句對

　　相鄰的兩個句子具有對偶關係。如〈寄廬山大願和尚〉、〈山居詩
二十四首〉之七：

　　雪洗香爐碧，霞藏瀑布紅。〔註342〕

按：「雪」對「霞」，「洗」對「藏」，「香爐」對「瀑布」，「碧」
　　對「紅」。

　　筠籠掃花驚睡鹿，地爐燒樹帶枯苔。〔註343〕

按：「筠籠」對「地爐」，「掃花」對「燒樹」，「驚睡鹿」對「帶

〔註339〕 陸永峰：《禪月集校注》卷十一〈贈抱麻劉舍人〉，頁241。
〔註340〕 陸永峰：《禪月集校注》卷十九〈上新定宋使君〉，頁392。
〔註341〕 陸永峰：《禪月集校注》卷二十二〈東陽罹亂後懷王慥使君五首〉
　　　　　之四，頁442。
〔註342〕 陸永峰：《禪月集校注》卷十八〈寄廬山大願和尚〉，頁376。
〔註343〕 陸永峰：《禪月集校注》卷二十三〈山居詩二十四首〉之七，頁
　　　　　456。

枯苔」。

3. 隔句對

又稱扇面對，就是具有對偶關係的上下四個句子，第一句和第三句相對，第二句和第四句相對，形同扇面，所以又稱扇面對。如〈經古戰場〉、〈上留田〉：

> 莫道路高低，盡是戰骨。莫見地碧赤，盡是征血。〔註344〕

按：「莫道路高低」對「莫見地碧赤」，「盡是戰骨」對「盡是征血」。

> 我欲使諸凡鳥雀，盡變爲鵁鶄。我欲使諸凡草木，盡變爲田荊。〔註345〕

按：「我欲使諸凡鳥雀」對「我欲使諸凡草木」，「盡變爲鵁鶄」對「盡變爲田荊」。

貫休詩的對偶形式十分豐富，若要細分還能有顏色對，如「**黑**壤生**紅**术，**黃**猿領**白**兒」〔註346〕；數字對，如「袍新宮錦**千**人擁，馬駿桃花**一**巷香」〔註347〕；季節對，如「**夏**租方減食，**秋**日更聞雷」〔註348〕；人物對，如「輕猛**李陵**心，摧殘**蘇武**節」〔註349〕；王朝對，如「吞併寧唯**漢**，淒涼莫問**陳**」〔註350〕；方位對，如「**北**風人獨立，**南**國信空遙」〔註351〕；地名對，如「**荊襄**春浩浩，**吳越**浪漫漫」〔註352〕等，足見貫休優秀的詩藝。

〔註344〕　陸永峰：《禪月集校注》卷二〈經古戰場〉，頁33。
〔註345〕　陸永峰：《禪月集校注》卷一〈上留田〉，頁6。
〔註346〕　陸永峰：《禪月集校注》卷七〈春山行〉，頁148。
〔註347〕　陸永峰：《禪月集校注》卷十九〈少監三首〉之二，頁388。
〔註348〕　陸永峰：《禪月集校注》卷十六〈大駕西幸秋日聞雷〉，頁350。
〔註349〕　陸永峰：《禪月集校注》卷一〈戰城南二首〉之二，頁13。
〔註350〕　陸永峰：《禪月集校注》卷十六〈秋末江上望〉，頁351。
〔註351〕　陸永峰：《禪月集校注》卷九〈秋晚泊石頭驛有寄〉，頁205。
〔註352〕　陸永峰：《禪月集校注》卷十一〈聞赤松舒道士下世　東陽未亂前相別〉，頁239。

六、誇飾：狀物摹情之力與奇

誇飾的作用在極力的摹寫標的物，使程度加深，以達渲染或新奇的效果。《古代詩歌修辭》云：「作者爲了突出藝術效果，對現實中的人或事物故意作誇大或縮小的描寫，這種修辭手法就叫誇張。」〔註353〕，貫休詩中有許多誇張的形容，使其詩藝術形象鮮明，以下舉詩例說明。

（一）「極大」的表現，如〈送新羅人及第歸〉：

衣上日光眞是火，島傍魚骨大於船。〔註354〕

按：島邊的魚骨比船大！誇飾求奇。

（二）「極小」的表現，如〈律師〉：

今朝暫到焚香處，只恐床前有蝨聲。〔註355〕

按：蝨子小而難見，且幾乎沒有叫聲，更遑論人耳可聽見蝨聲！以細微至極的聲音誇飾形容周圍之靜寂。

（三）「極欣喜」的表現，如〈聞徵四處士〉：

白酒全傾甕，蒲輪半載雲。〔註356〕

按：以白酒全飲盡、蒲草裹輪的迎賢車輛疾馳如雲朵飛騰，來形容聽聞朝廷徵得賢才的雀躍心情，欣喜若狂。

（四）「極悲」的表現，如〈杞梁妻〉：

一號城崩塞色苦，再號杞梁骨出土。〔註357〕

按：一哭城崩，再哭骨出土，以誇飾法形容杞梁妻的哭聲震天動地。

（五）「極多」的表現，如〈擬古離別〉：

離恨如旨酒，古今飲皆醉。只恐長江水，盡是兒女淚。〔註358〕

按：以誇飾法形容滾滾的長江水是離愁兒女留下的眼淚匯聚而成。

〔註353〕　周生亞：《古代詩歌修辭》，頁39。
〔註354〕　陸永峰：《禪月集校注》卷二十一〈送新羅人及第歸〉，頁426。
〔註355〕　陸永峰：《禪月集校注》卷二十四〈律師〉，頁488。
〔註356〕　陸永峰：《禪月集校注》卷九〈聞徵四處士〉，頁189。
〔註357〕　陸永峰：《禪月集校注》卷一〈杞梁妻〉，頁9。
〔註358〕　陸永峰：《禪月集校注》卷一〈擬古離別〉，頁12。

（六）「極少」的表現，如〈懷錢唐羅隱章魯封〉：

　　青雲十上苦，白髮一莖無。〔註359〕

按：黑髮轉為白尚且可憐，如今連一根白髮都沒有了，以誇飾法
　　形容追求功名的艱辛。

（七）「極高」的表現，如〈洛陽塵〉：

　　我聞富有石季倫，樓臺五色千星辰。〔註360〕

按：以誇飾法形容石崇的高樓與星辰比高。

（八）「極低」的表現，如〈長持經僧〉：

　　頭低草木，手合神鬼。〔註361〕

按：以誇飾法形容持經僧的頭低到草木以下，已然不能再低。

（九）「極熱」的表現，如〈苦熱寄赤松道者〉：

　　蟬喘雷乾冰井融，些子清風有何益？〔註362〕

按：就以蟬熱到喘息的意象，即予人誇張的感受，繼後的雷乾、
　　冰井融都指向天氣異常炎熱。

（十）「極冷」的表現，如〈送于兢補闕赴京〉：

　　冷驚蟬韻斷，涼觸火雲驤。〔註363〕

按：冷到蟬都不叫了，冰涼的空氣讓火雲都墜落了。以誇飾法寫
　　極冷的天氣。

貫休詩使用誇飾來寫物摹情的例子不少，上述僅以相對的概念列舉詩
句作例。綜上來看，這些誇飾的使用都讓詩歌的意象更為鮮明、情緒
的表達更為極致，誠如黃永武先生所云，誇飾的目的在增強感人力量
並藉以聳動讀者視聽〔註364〕，因此為擅詩者表現詩歌語言力量所不
可或缺的修辭法。

〔註359〕　陸永峰：《禪月集校注》卷九〈懷錢唐羅隱章魯封〉，頁203。
〔註360〕　陸永峰：《禪月集校注》卷一〈洛陽塵〉，頁18。
〔註361〕　陸永峰：《禪月集校注》卷二〈長持經僧〉，頁40。
〔註362〕　陸永峰：《禪月集校注》卷二〈苦熱寄赤松道者〉，頁37。
〔註363〕　陸永峰：《禪月集校注》卷十五〈送于兢補闕赴京〉，頁314。
〔註364〕　黃永武：《字句鍛鍊法》，頁108。

　　綜上來看，貫休採取的創作形式多元，樂於嘗試各類詩歌體式，在咀嚼情感之餘運用適切的藝術表達手法，讓表情達意更為淋漓盡致。再者，以議論為詩、俚俗白話之藝術風格乃習染於初唐化俗詩僧與中晚唐的詩壇氛圍，這是文學與政治交互之下不得不流衍的文壇風向，尤其如此入世的貫休在處身社會底層眼見世態毒瘤叢生，發為激切的不平之鳴也是情理可解。又，境清格冷與豪放奇崛之藝術風格乃源於詩僧「見性忘情」、受苦吟流風習染以及自身狂狷不羈、尚好奇崛之獨特性格的反射，可說詩歌與詩人的身份、個性如同共命鳥，人生如詩、詩如人生。最後，貫休在用字與修辭技巧上都富有黎庶氣息，舉凡疊字疊句、頂真、排比、設問、雙關都洋溢著一股民歌素樸的氣質，這或許與他長年生活在社會底層，又出生於婺州蘭溪縣（今浙江省蘭溪市）這一靠海之華東地區中南部省份，自小受江南民歌的濡染所形成之深遠影響有關。總之，貫休詩的藝術表現受有《詩經》民歌比興、《楚辭》撫事寄慨、中晚唐詩風與其身為詩僧身分的影響，透過本章的探討能夠掌握《禪月集》之主要藝術表現特色。

第六章　貫休詩之評價

在唐朝詩之盛世，貫休的才華與影響雖不及李杜、韓白、姚賈等一代宗主，但在晚唐五代乃至宋初宗白詩風、晚唐體的風潮之下，他為事而作、反映現實的寫作風格以及氣幽骨勁、寒狹淡漠的詩情仍受到時人與後世關注，尤其俚俗的詩歌語言備受後人討論，以下分論貫休詩之歷代評價、現當代評價以及筆者評價。

第一節　歷代之評價

歷代評價能區分成晚唐五代時人評價以及宋元明清歷朝評價，綜觀來看，褒貶參半，以下展開探討。

一、晚唐五代時人評價

貫休的好友吳融為其《西岳集》所做的序，雖被貫休認為「或以抱讓，周旋異待矣。或以文害辭，或以辭害志，或以誕飾饒借，則殊不解我意」〔註1〕，因此臨終之際交代弟子曇域重序。即便如此，吳融的這篇〈序〉仍是理解時人對貫休詩定位與評價的最具代表性篇章：

> 夫詩之作，善善則頌美之，惡惡則風刺之。苟不能本此二道，雖甚美，猶土木偶不主於氣血，何所尚哉？自風雅之道息，

〔註1〕陸永峰：《禪月集校注》〈後序〉，頁527。

爲五七字詩者，皆率拘以句度屬對焉。既有所拘，則演情敘事不盡矣。且歌與詩，其道一也，然詩之所拘悉無之。足得放意，取非常語非常意，又盡則爲善矣。國朝能爲歌爲詩者不少，獨李太白爲稱首。蓋氣骨高舉，不失頌美風刺之道焉。厥後，白樂天諷諫五十篇，亦一時之奇逸極言。昔張爲作詩圖五層，以白氏爲廣大教化主，不錯矣。至後李長吉以降，皆以刻削峭拔，飛動文彩，爲第一流。有下筆不在洞房峨眉神仙詭怪之間，則擲之不顧。邇來相敩學者，靡曼浸瑤，困不知變。嗚呼，亦風俗使然也。然君子萌一意，出一言，亦當有益於事。矧極思屬詞，得不動關於教化。沙門貫休，本江南人，幼知苦空理，落髮於東陽金華山。機神穎秀，雅善歌詩。晚歲，止於荊門龍興寺。余謫官南行，因造其室。每譚論，未嘗不了於理性。自旦而往，日入忘歸。邈然浩然，使我不知放逐之戚。此外，商榷二雅，酬唱循還。越三日不相往來，恨疏矣。如此者，凡期有半。上人之作，多以理勝，復能創新意。其語往往得景物於混茫自然之際，然其旨歸必合於道。太白、白樂天既歿，可嗣其美者，非上人而誰？丙辰，余蒙恩詔歸，與上人別。袖出歌詩草一本，曰《西岳集》，以爲贐矣。切慮將來作者，或未深知，故題序於卷之首。時己未歲嘉平月之三日。

此〈序〉以「頌美風刺」評價貫休詩，認爲他接續李白、白居易氣骨高舉、諷諫教化的雅正之音。尤其「上人之作，多以理勝，復能創新意。其語往往得景物於混茫自然之際，然其旨歸必合於道」更道盡貫休詩重理致、歸至道的中心內涵。這段〈序〉說明了貫休詩在時人眼中所表現的思想樣態，影響所及使得後世評價多以美刺教化之現實精神來理解看待貫休詩。

此外，貫休的弟子曇域在〈禪月集後序〉傳達師之遺言，也是貫休生前爲己作撥清作意的重要記載：

有唐翰林學士兵部侍郎吳融請爲序。先師長謂一二門人曰：「吳公文藻贍逸，學海淵深，或以挹讓，周旋異待矣。

或以文害辭，或以辭害志，或以誕飾饒借，則殊不解我意
也。子可於余所著之末，聊重敍之。」曇域乃稽顙而言曰：
「語云：子疾病，子路欲以門人為臣。子曰：欺天乎？曇
域小子，何敢敍焉？」師曰：「子不知，皆孔子弟子記諸善
言，以成其書。況吾常酷於茲，心勤形瘵，訪其稽古，慰
以大道。睄然皓首，豈謂賈其聲耳？且昔在吳越間，靡所
濟集。聊欲係志於翰墨，得以亂思不涽遺老矣。子無辭焉！
但當吾意而言之，然又不可以微之、樂天、長吉類之矣！
吾若與騷人同時，即知殊不相屈。爾直言之，無相辱也。」
曇域遜讓不暇，力而敍之。……〔註2〕

詩人自言人生遭逢「靡所濟集」的困境，常「心勤形瘵，訪其稽古，
慰以大道」，因此寫下的篇篇詩作乃內心抑鬱憂愁下的心之離騷，貫
休感慨的說「吾若與騷人同時，即知殊不相屈」，這是對自己高蹈純
潔的性靈所作的聲明，他並不認同吳融將之與微之、樂天、長吉相類，
反倒認為自己的創作衷曲與屈原比較相似。然而，時人看待貫休詩作
的角度仍以詩主教化視之，顯然並未因曇域的撥清而改觀。

後蜀何光遠《鑒誡錄》亦為重要評價：

唐有十僧詩選，在諸集中為禪月大師貫休所吟千首，吳融侍
郎序之，號曰巨岳集。多為古體，窮盡物情，議者稱白樂
天為廣大教化主，禪月次焉。〔註3〕

何光遠顯然承吳融的評價，將貫休入流於廣大教化主白居易的麾下，
且標舉他的古體之作能窮盡事物情狀道理，此開《唐才子傳》稱許貫
休「樂府古律，當時所宗」〔註4〕的先聲，讓後世關注到貫休傑出的
古樂府作品。而何光遠的評價將貫休拉進為〈詩人主客圖〉裡，成
為白居易以下的順位者，此評或許甚過，卻也聽見貫休詩諷刺微隱的
精神受時人肯定之聲音。

〔註2〕　陸永峰：《禪月集校注》〈後序〉，頁527。
〔註3〕　〔蜀〕何光遠：《鑒誡錄》，頁34。
〔註4〕　〔元〕辛文房著、傅璇琮校箋：《唐才子傳校箋》，頁442。

又，時人多有詩作贈答或緬懷貫休者，茲擇取能一探貫休詩歌評價之作探討之：

齊己有四首贈答緬懷之作，表彰貫休優秀的詩藝，並顯示他在當時的政界、文壇均有重望，詩書畫成就均受到當世肯定：

疏篁抽筍柳垂陰，舊是休公種境吟。入貢文儒來請益，出官卿相駐過尋。右軍書畫神傳髓，康樂文章夢授心。銷得青城千嶂下，白蓮標塔帝恩深。(〈荊州貫休大師舊房〉) 〔註5〕

吾師詩匠者，眞箇碧雲流。爭得梁太子，重爲文選樓。錦江新冢樹，嬖女舊山秋。欲去焚香禮，啼猿峽阻修。(〈聞貫休下世〉) 〔註6〕

澤國聞師泥日後，蜀王全禮葬餘灰。白蓮塔向清泉鎖，禪月堂臨錦水開。　　西岳千篇傳古律，南宗一句印靈臺。不堪隻履還西去，蔥嶺如今無使迴。(〈荊門寄題禪月大師影堂〉) 〔註7〕

子美曾吟處，吾師復去吟。是何多勝地，銷得二公心。錦水流春闊，峨嵋疊雪深。時逢蜀僧說，或道近遊黔。(〈寄貫休〉) 〔註8〕

修睦〈寄貫休上人〉能見貫休對詩的沉浸給時人深刻的印象，與裴說〈贈貫休〉「是事精皆易，唯詩會卻難」〔註9〕形成耽溺詩詠的呼應：

常語亦關詩，常流安得知。楚郊來未久，吳地住多時。立月無人近，歸林有鶴隨。所居渾不遠，相識偶然遲。〔註10〕

李咸用〈讀修睦上人歌篇〉也提到貫休在李白、李賀、陳陶、趙睦這一騷客流脈的接續位置，修睦繼於貫休之後：

〔註5〕 齊己〈荊州貫休大師舊房〉，見《全唐詩》卷844，頁8540。

〔註6〕 齊己〈聞貫休下世〉，見《全唐詩》卷839，頁9465。

〔註7〕 齊己〈荊門寄題禪月大師影堂〉，見《全唐詩》卷845，頁9562。

〔註8〕 齊己〈寄貫休〉，見《全唐詩》卷841，頁9489。

〔註9〕 裴說〈贈貫休〉，見《全唐詩》卷720，頁8269。

〔註10〕 修睦〈寄貫休上人〉，見《全唐詩》卷849，頁9617。

　　李白亡，李賀死。陳陶趙睦尋相次，須知代不乏騷人。貫
　　休之後，惟修睦而已矣。睦公睦公眞可畏，開口向人無所
　　忌。才似煙霞生則媚，直如屈軼佞則指。意下紛紛造化機，
　　筆頭滴滴文章髓。明月清風三十年，被君驅使如奴婢。勸
　　君休，莫容易。世俗由來稀則貴，珊瑚高架五雲毫，小小
　　不須煩藻思。〔註11〕

羅隱〈和禪月大師見贈〉稱許貫休詩有「秀」、「清」之調：

　　高僧惠我七言詩，頓豁塵心展白眉。
　　秀似谷中花媚日，清如潭底月圓時。
　　應觀法界蓮千葉，肯折人間桂一枝。
　　漂蕩秦吳十餘載，因循猶恨識師遲。〔註12〕

張格〈寄禪月大師〉標舉貫休詩有古意、書畫成就高絕：

　　龍華咫尺斷來音，日夕空馳詠德心。
　　禪月字清師號別，壽春詩古帝恩深。
　　畫成羅漢驚三界，書似張顚直萬金。
　　莫倚名高忘故舊，曉晴閒步一相尋。〔註13〕

王鍇〈贈禪月大師〉對貫休秉性自然不造作留下深刻印象，也道出貫
休詩在當時頗負盛名：

　　長愛吾師性自然，天心白月水中蓮。
　　神通力遍恆沙外，詩句名高八米前。
　　尋訪不聞朝振錫，修行唯說夜安禪。
　　太平時節俱無事，莫惜時來話草玄。〔註14〕

杜荀鶴〈贈休禪和〉則道破貫休爲僧不爲僧的形象，對杜荀鶴來說，
貫休是個道地的詩人，禪子應秉持的「情忘道合」、「道性爲本，詩情
爲末」之創作衷曲在貫休身上並無演譯，於是一句「只道詩人無佛性，
長將三雅入三乘」即說明貫休的愛詩、擅詩在當時人的眼中是以詩人

〔註11〕李咸用〈讀修睦上人歌篇〉，見《全唐詩》卷644，頁7386。
〔註12〕羅隱〈和禪月大師見贈〉，見《全唐詩》卷657，頁7551。
〔註13〕張格〈寄禪月大師〉，見《全唐詩》卷760，頁8630。
〔註14〕王鍇〈贈禪月大師〉，見《全唐詩》卷760，頁8631。

而非僧侶的角色看待之：

> 爲僧難得不爲僧，僧戒僧儀未是能。
> 弟子自知心了了，吾師應爲醉騰騰。
> 多生覺悟非關衲，一點分明不在燈。
> 只道詩人無佛性，長將三雅入三乘。〔註15〕

誠然，在晚唐五代的評價中，貫休擅詩乃爲眾家標舉之主要論評，尤其他美刺教化的創作思想受到時人肯定，雖將之與李白、白居易等一流文壇作手並駕或許溢美，但卻不能忽視在晚唐五代宗白詩風之下，貫休那些寫實之作備受矚目與肯定的實情，透過上述時人評價可一覽貫休詩在當世獲得關注的面向。

二、宋元之評價

《禪月集》在南宋嘉熙四年（1240 年）婺州蘭溪縣兜率禪寺住持禪悟大師可燦獲《西岳集》古本後重刊，這是貫休詩集在疊域整編重輯歷經流傳過程陸續亡佚後的又一次重刊。這次再刊有周伯奮、童必明、師保、祖聞、紹濤、徐璨、徐琰等七人作書跋紀誌，此七人之跋於前述第三章第三節「作品考述——可燦重刊」裡已經論及，此處不再贅述，唯一要說明的是這些爲重刊寫的書跋關涉貫休詩歌評價部份，擷取如下：

> **周伯奮〈跋〉**：詩不苟作，頌詠風刺，根於理致。〔註16〕
>
> **師保〈跋〉**：禪月製作，浸遠而風雅益著。〔註17〕
>
> **祖聞〈題〉**：此集之播於江湖，接之聞見，如「佛手遮不得，人心如等閑」，「時危須早轉，親老莫他圖」，「一箇閑人天地間」等辭，其美如稻粱，甘如井泉。〔註18〕
>
> **徐璨〈跋〉**：浮屠氏以詩鳴多矣，未若禪月之格高旨遠也。

〔註15〕杜荀鶴〈贈休禪和〉，收錄於李調元編：《全五代詩　附補遺》卷三，頁 54。
〔註16〕陸永峰：《禪月集校注》跋，頁 531。
〔註17〕陸永峰：《禪月集校注》跋，頁 532。
〔註18〕陸永峰：《禪月集校注》跋，頁 532。

〔註19〕

徐玟〈書〉：《三百篇》之著，其來尚矣。夫子斷之以無邪，聞之者足以戒。後人體之，嘲詠風月，比喻物情，蓋亦古詩之流也。如唐之李杜，本朝之歐蘇黃秦，中間作者，相繼並出。雖各得其妙，然而了達性眞，蓋未多見。如參寥子、洪覺範、如晦、仲殊，或以詩名，或以詞稱。味道之餘，發其所蘊，見於篇章，寓情物理，亦使後人知吾林下之有詩人耳。若夫禪月國師，則又高出一頭地。予雖未聞謦欬，自幼已知詩名。人但見其諷詠，咸以爲僧之能詩者，不識悟眞空，言明理□，苦節峻行，一時慕仰。耀祖燈於中天，又豈常人之所可識？至於銀鈎鐵畫，落紙雲煙，住世應眞，入神風采。每以詩□遊戲三昧，其憂世愛□之心，則見於首卷之詞中，間以無礙慧說最上乘。晤之者可以頓獲清涼，觀之者可以開明心地。其視安樂先生同出軌轍，又非特與李杜輩爭華並燁。後人詳味其語，正宜高著眼，不當以詩僧看也。〔註20〕

貫休詩流傳到了南宋，頌詠風刺的諷詠特色與風雅之質仍受到首要矚目，繼之一些雋永的詩句也朗誦於人口，憂世愛民的胸懷也透過詩作傳達給南宋讀者，尤其飽含智慧的佛理開釋融於詩作之間，讓人頓獲清涼、開明心地，因此「格高旨遠」、「宜高著眼，不當以詩僧看也」是南宋時期對貫休詩的至高褒揚。

　　贊寧《宋高僧傳》對貫休詩之評價亦著眼於諷刺世態隱微、立意教化，還評貫休詩之體調不亞於李白、白居易、李賀，標舉甚高：

　　　　所長者歌吟，諷刺微隱，存於教化。體調不下李、白、賀也。〔註21〕

《宣和書譜》則點出貫休詩多警句，膾炙人口的流傳狀況：

　　　　釋貫休字德隱，姓姜，婺州蘭溪人，七歲出家。日誦書，

〔註19〕陸永峰：《禪月集校注》跋，頁534。
〔註20〕陸永峰：《禪月集校注》跋，頁534。
〔註21〕〔宋〕贊寧撰、范祥雍點校：《宋高僧傳》卷三十，頁750。

每過千字不復遺忘。工爲歌詩，多警句，膾炙人口。〔註22〕

《益州題跋》亦有「『舉世只知嗟逝水，何人微解悟空花』此貫休禪師句。溫日觀書之，爲後人策勵之端，仍爲寫龍鬚於後。」〔註23〕之貫休詩具警策特質的見解。

趙令時《侯鯖錄》則有「因讀禪月〈有懷王惕使君〉詩云：『刳剝生靈爲事業，巧通豪俊作梯媒。』令人嘆息，古已如此。」〔註24〕之讀貫休詩能洞見世態的感觸。

以上歷史評價多爲褒評，從宋代以降開始有較多的貶評出現，如蘇軾批評貫休詩具村俗氣：

> 唐末五代文章衰陋，詩有貫休、書有亞棲，村俗之氣大抵相似。近日曾子固編《太白集》，有〈贈僧懷素草書歌〉及〈笑矣乎〉、〈悲來乎〉數首，皆貫休以下詩格，必非太白所作，不知曾公何以信爲眞作也。〔註25〕

劉克莊《後村詩話》譏評貫休詩語拙俚：

> 若貫休輩「自拳五色毬，迸入他人宅，却捉蒼頭奴，玉鞭打一百」之句，拙俚甚矣。〔註26〕

沈括《夢溪筆談》取笑貫休及韋楚老之輩見識淺薄，不曾近富家兒，有鄙陋之意：

> 唐人作富貴詩，多紀其奉養器服之盛，乃貧眼所驚耳。如貫休〈富貴曲〉云：「刻成箏柱鴈相挨」，此下里嫠彈者皆有之，何足道哉？又韋楚老〈蚊〉詩云：「十幅紅綃圍夜玉」，十幅紅綃爲帳，方不及四五尺，不知如何伸腳？此所謂不

〔註22〕 佚名：《宣和書譜》卷十九，頁431。

〔註23〕 〔清〕王士禎原編、鄭方坤刪補、〔美〕李珍華點校：《五代詩話》卷八引《益州題跋》，頁297。

〔註24〕 〔清〕王士禎原編、鄭方坤刪補、〔美〕李珍華點校：《五代詩話》卷八引《侯鯖錄》，頁300。

〔註25〕 參見〔清〕趙翼：《甌北詩話》卷一「李青蓮詩」（台北：廣文書局，1971年）。

〔註26〕 參見〔清〕王士禎原編、鄭方坤刪補、〔美〕李珍華點校：《五代詩話》八卷，頁298。

曾近富家兒。〔註27〕

葉夢得《石林詩話》也鄙視僧詩格律凡俗、拾掇模倣遂無超然自得之氣，因此認為貫休、齊己之詩雖存，但無足言矣：

> 唐詩僧自中葉以後，其名字班班為當時所稱者甚多，然詩皆不傳，如「經來白馬寺，僧到赤烏年」數聯，僅見文士所錄而已，陵遲至貫休、齊己之徒，其詩雖存，然無足言矣。中間雖皎然最為傑出，故其詩十卷獨全，亦無甚過人者。近世僧學詩者極多，皆無超然自得之氣，往往反拾掇模倣，士大夫所殘棄，又自作一種僧體，格律尤凡俗，世謂之酸餡氣。〔註28〕

蔡絛《西清詩話》則批判貫休格力卑下、才分有限，就算誇雄逞奇也不能改易：

> 作詩者陶冶物情、體會光景必貴乎自得。蓋格有高下、才有分限，不可強力至也。……余以謂少陵、太白當險阻艱難、流離困躓，意欲卑而語未嘗不高。至於羅隱、貫休得意偏霸、誇雄逞奇，語欲高而意未嘗不卑。乃知天稟自然，有不能易者也。〔註29〕

及至元代也注意到貫休詩失之粗野的弊病，方回《瀛奎律髓》云其詩有極奇處也有太粗處：

> （貫休）為詩有極奇處，亦有太粗處。「盡日覓不得，有時還自來」為人嘲作失貓詩，此類是也。然道價甚高，年壽亦高。〔註30〕

辛文房《唐才子傳》則評價貫休氣度甚高、學識多元、有捷才、筆力猛銳且詩風崛奇如有神助，頗有豪氣：

> 休一條直氣，海內無雙，意度高疎，學問叢脞，天賦敏速之才，筆吐猛銳之氣，樂府古律，當時所宗。雖尚崛奇，每得

〔註27〕〔宋〕沈括著、楊家駱主編：《元刊夢溪筆談及新校注合刊》卷十四〈藝文一〉（台北：鼎文書局，1997年）。

〔註28〕〔宋〕葉夢得：《石林詩話》卷中，頁18。

〔註29〕〔宋〕蔡絛：《西清詩話》卷上（台北：廣文書局，1973年），頁89。

〔註30〕〔元〕方回選評，李慶甲集評校點：《瀛奎律髓彙評》，頁436。

神助，餘人走下風者多矣。昔謂龍象蹴踏，非驢所堪，果僧
中之一豪也。後少其比者，前以方支道林，不過矣。〔註31〕

綜合觀之，貫休在宋元的評價已不如晚唐五代時期幾乎一面倒的褒評，來到宋元之際，一方面貫休詩頌美風刺的教化精神仍受重視，一方面俚俗的詩歌風格也受到詆訕，尤其對俚俗的攻訐非議將延續到明清之際都未曾稍歇，成為與諷詠精神並列受到主要關注的歷史評價。而觀看《唐才子傳》對貫休的評價，比起晚唐五代時人、徐琰的〈書跋〉和《宋高僧傳》對其標舉太過反成溢美之詞來看，《唐才子傳》更趨於公允的論評，讓貫休真實的情性、創作的特色都能獲得允當的評價。

三、明清之評價

明代的《禪月集》由毛晉搜羅求索，得二十五卷，並為其作序，然而毛晉的〈序〉並未對貫休詩作出評價，僅說明詩集流傳刊刻過程與貫休尚擅書畫，以及與藩鎮間之軼事，甚為可惜。明代的評價較值得關注的是胡震亨《唐音癸籤》之論：

貫休詩奇思奇句，一似從天墜得；無奈發村，忽作惡罵，令人不堪受。〔註32〕

周朴從苦思中得猛句，陡目欲驚，其不合者亦多可憎，是貫休一流詩。〔註33〕

唐七言歌行，垂拱四子詞極藻艷，然未脫梁、陳也。……貫休之輩，俚鄙幾同俗諺，古意於焉盡矣。〔註34〕

胡震亨之評主要針對貫休詩粗鄙的語言風格而詆訕，認為貫休那些激切直率的議論之詞形同惡罵，且俚俗淺白的語言甚為可憎，那些俚鄙

〔註31〕〔元〕辛文房著、傅璇琮校箋：《唐才子傳校箋》，頁442。

〔註32〕〔明〕胡震亨：《唐音癸籤》卷八「評彙四」，收錄於吳文治主編：《明詩話全編》第七冊，頁6891。

〔註33〕〔明〕胡震亨：《唐音癸籤》卷八「評彙四」，收錄於吳文治主編：《明詩話全編》第七冊，頁6889。

〔註34〕〔明〕胡震亨：《唐音癸籤》卷九「評彙五」，收錄於吳文治主編：《明詩話全編》第七冊，頁6896。

近似俗諺之詞讓原本七言歌行該有的美好古意消失殆盡。胡氏的評價延續宋元時期對貫休詩拙俚粗野的批評，甚至更為激烈，及至清代仍舊針對此弊病砲聲隆隆。

　　清代的評價褒貶參半，接續對俚俗批判的聲音有賀裳《載酒園詩話》：

> 詩至晚唐而敗壞極矣，不待宋人。……甚則粗鄙陋劣，如杜荀鶴、僧貫休者。貫休村野處殊不可耐，如〈懷素草書歌〉中云「忽如鄂公喝住單雄信，秦王肩上搭著棗木槊」此何異僋父所唱鼓兒詞。又如〈山居〉第八篇末句云「從他人說從他笑，地覆天翻也只寧」，豈不可醜！〔註35〕

冒春榮《葚原詩說》也鄙薄貫休詩直率淺薄：

> 句法最忌直率，直率則淺薄而少深婉之致。……貫休之「故國在何處？多年未得歸」，不若司馬札「芳草失歸路，故鄉空暮雲」。兩相比較，淺薄深婉自見。〔註36〕

《四庫全書總目提要》亦以「粗」形容貫休詩作風格：

> 唐釋能詩者眾，其最著者莫過皎然、齊己、貫休。然皎然稍弱，貫休稍麤，要當以齊己為第一人。〔註37〕

> 唐代緇流，能詩者眾，其有集於今者，惟皎然、貫休及齊己。皎然清而弱，貫休豪而麤，齊己七言律詩不出當時之習，其七言古詩，以盧仝、馬異之體縮為短章，詰屈聱牙，尤不足取。〔註38〕

除了「粗俗、口語」的貶評，清代也有褒評。《四部叢刊初編‧白蓮集序》即讚貫休有渾然一體的骨氣，因而詩境、意蘊都顯得特出而不

〔註35〕〔清〕賀裳：《載酒園詩話又編》「貫休條」，收錄於郭紹虞編選：《清詩話續編》（上），頁393。

〔註36〕〔清〕冒春榮：《葚原詩說》卷一，收錄於郭紹虞編選：《清詩話續編》（中），頁1578。

〔註37〕《武英殿本四庫全書總目提要》第五冊〈唐僧宏秀集十卷〉（台北：台灣商務印書館，1983年），頁36。

〔註38〕《景印文淵閣四庫全書》第1084冊，集部二十三，別集類〈白蓮集提要〉，頁327～328。

尋常：

> 唐末詩僧，惟貫休禪師骨氣混成、境意倬異，殆難儔敵。
> 〔註39〕

賀貽孫《詩筏》也注意到貫休詩與其人格操守的關係，認為他的作品「氣幽骨勁」：

> 貫休詩氣幽骨勁，所不待言。余更奇以其投錢鏐詩云：「滿堂花醉三千客，一劍霜寒十四州。」鏐諭改為四十州乃相見。休云：「州亦難添，詩亦難改。」遂云。貫休於唐亡後，有〈湘江懷古〉詩，極感憤不平之恨。又嘗登鄱陽寺閣，有「故國在何處？多年未得歸。終學於陵子，吳中有綠薇」之句。士大夫平時以無父無君譏釋子，唐亡以後，滿朝皆朱梁佐命，欲再求一凝碧詩，幾不復得。豈知僧中尚有貫休，將無令士大夫入地耶！〔註40〕

胡鳳丹〈重刻禪月集序〉則著眼於貫休詩的家國情懷、警世特質以及高超的創作技巧做評價，算是一篇論評細緻的褒揚：

> 竊意唐代以詩取士，故一時名流碩彥相與詠歌，洋洋乎鼓吹休明，和其聲以鳴國家之盛。若貫休一方外耳，而乃以悲憤蒼涼之思，寫清新俊逸之辭。忽而虎嘯、忽而鸞吟、忽而夷猶清曠神鋒四出，又如千金駿足飛騰飄瞥，篸澗注坡以視蟲之鳴，吹月露之琱鎪，夷然如寸莛撞鐘之無甚高論，噫！貫休亦奇矣哉。若夫證圓通於水月，參妙諦於煙雲，一字一言無非棒喝，讀是詩者，當焚妙香奉之。〔註41〕

綜觀來看，明清兩代的貫休詩評價褒貶兼具，褒揚他風骨獨具的人格操守兼及詩作也氣骨不凡，而飽含憂切國運蒼生的作意與高絕的寫作技巧亦為此期正面之評價。在貶詆方面，此時期繼續承宋元以來對其

〔註39〕 《四部叢刊初編》集部，第 43 冊〈白蓮集序〉（台北：台灣商務印書館，1975 年）。

〔註40〕 〔清〕賀貽孫：《詩筏》，收錄於郭紹虞編選、富壽蓀校點：《清詩話續編》（台北：木鐸出版社，1983 年），頁 192。

〔註41〕 〔清〕胡鳳丹：〈重刻禪月集序〉，收錄於《百部叢書集成》95《金華叢書》第 12 函（台北：藝文印書館，1968 年）。

粗野俚俗的批判，再加以《四庫全書》以「粗豪」形容之，讓貫休的俚俗風格帶著豪曠氣質，此評價頗能將貫休個性與詩歌語言作適切連結，甚為中肯。總而言之，貫休詩之歷代評價聚焦於兩個主軸上：一、針對反應世態、教化諷刺的功能給予褒揚；二、針對粗野俚俗的語言風格給予貶抑。此二者為貫休受歷代探討評價之焦點。

第二節　現當代之評價

　　近來詩僧這個族群漸受學界關注，尤其中晚唐三大詩僧皎然、貫休、齊己的研究篇章也紛紛出爐，觀察現今對貫休之評價大抵不出社會寫實詩人、通俗白話詩人、詩主教化、憂懷國運蒼生、傑出藝僧之論調，對其性格的揭示也大致不出豪曠、正義、耿介等評價，若將之整合來看，或許能在歷代評價的基礎上看見當今論調的延續與開展，與對以往貶評作出的重新省視。

一、對「教化諷刺」之評的延續與開展

　　當今對貫休的關注主要仍不脫「諷刺微隱，存於教化」的方針，繼而擴及儒釋互滲，提出貫休詩具人性思想，是佛教慈悲為懷精神與儒家仁義惻隱思想的異質同構〔註42〕。同時也以貫休創作思維的現實性與悲天憫人之情操，發抒他的詩歌傾向儒家道德美學之關懷〔註43〕。

　　再者，對貫休那些不平之鳴的揭露批判作品給予肯定，評價為「進步詩人」並認為其立意用心不在杜甫、白居易之下〔註44〕。而且認為貫休詩在今天亦有可讀之處乃由於他關注現實人生，並真實反應唐末

〔註42〕如徐志華：〈論儒釋互滲的貫休詩〉，《湖南科技學院學報》第 26 卷第 7 期（2005 年 7 月）；王峰：〈從貫休的《行路難》看佛儒之融合〉，《文教資料》（2006 年 3 月號下旬刊）；張敏：〈法眼慧心話人性——略論貫休征戍詩中的人性思想〉，《阜陽師範學院學報》社會科學版（2003 年第 3 期）等。

〔註43〕如李寶玲：〈貫休詩中書畫美的表現〉，《逢甲中文學報》（1994 年 4 月）。

〔註44〕如胡昌健：〈五代前蜀詩書畫家貫休〉，《四川文物》（1995 年第 2 期）。

五代社會現狀〔註45〕，於是展開探討貫休不迎不拒、不攀不推、不佞不媚之傲骨與氣節〔註46〕。如此從教化風刺開展的現當代評價，結合「詩」與「人」做整合性論評，關注貫休「儒」之面貌以及「談空何曾空」的積極入世精神，也掌握他狂狷的詩人性格與浩蕩剛烈、意大氣粗之正義特質〔註47〕，從而回頭檢視貫休詩歷來不絕如縷的教化風刺評價，遂朗見詩人那些批判尖辛、銳氣凌厲的作品，實出自憂切之懷與兀傲有節之內在融會下的產物。

二、對「俚俗」評價的重新省視

「俚俗」特質一直是貫休備受歷代攻訐非議的焦點，然而時至今日，扭轉了長期以來隆隆的砲聲，而從世俗的眼光、詩書畫三者風貌上的聯繫著眼，重新省視這些俗言俗語，力圖給予貼切公允的評價。

劉炳辰先生表示貫休詩語言直白淺顯，乃在於審美趣味趨向通俗化、平民化的追求〔註48〕；黃緯中先生從中晚唐僧人愛好狂草之由著眼，分析僧徒低下的出身、社會底層的生活情境，因此俗而不羈的江湖氣息是詩歌語言寬於用律、疏於事典、俚俗白話之形成原因，端看狂草無羈無束的精神就能理解其審美趣味與高貴士大夫之大大不同〔註49〕。貫休亦為中晚唐著名的草書僧，其俚俗自由的創作精神在黃

〔註45〕如田道英：《釋貫休研究》（四川大學中國古典文獻學博士論文，2002年），頁143。

〔註46〕如釋明復：〈貫休禪師生平的探討〉，《華崗佛學學報》第6期（台北：中華學術院佛學研究所，1983年）；王思熙：〈一身傲骨的貫休〉，《經典雜誌》（2004年）；羅家欣：〈不是為窮常見隔，祇應嫌醉不相過——從貫休詩作探討其宦遊之心〉，《國文天地》第24卷第2期（2008年7月）；羅家欣：〈論貫休詩歌中的少年意象〉，《文學前瞻》第9期（2009年7月）等。

〔註47〕如程裕禎：〈唐代的詩僧和僧詩〉，《南京大學學報》哲學社會科學（1984年第1期）、釋明復：〈貫休禪師生平的探討〉，《華崗佛學學報》第6期（台北：中華學術院佛學研究所，1983年）等。

〔註48〕劉炳辰：〈貫休詩的世俗化特徵〉，《南都學壇》人文社會科學學報，第27卷第3期（2007年5月）。

〔註49〕黃緯中：〈中晚唐的草書僧〉，收錄於淡江大學中文系主編：《晚唐的

氏「江湖氣」的揭示之下重新得到體會。

　　現當代對俚俗的評價不再墨守老調譏為粗野，反而從他的書、畫特色來解讀貫休詩的凡俗風格，如林谷芳先生探討貫休羅漢畫，認為羅漢像貌本不為歷史所拘，造像更為自由，觀貫休的羅漢之作造型奇特，以世俗眼光看尤多佝僂古怪之士，既富趣味，又安然自得〔註50〕，這何嘗不是另一種理解貫休詩俚俗風貌的切口？不論草書、羅漢畫或詩歌，貫休血液裡「自由」的因子呈現在他的作品中，因此將詩書畫整合著來看，可以讓歷來對「俚俗」的貶詆評價重新得到反省與正確理解的機會。

第三節　筆者之評價

　　針對貫休及其《禪月集》的研究，筆者擬由他的行止、作品之表現提出幾點看法，評價這位既特殊又典型的詩僧。

一、不離入世，不廢出世

　　在中國佛教（禪宗）走向「即心是佛」、「平常心是道」的路向後，中晚唐的詩僧即成為此主張最佳的演繹者，就如本文所探討的禪月大師貫休，他一生不離入世，不廢出世的生命樣態就是很典型的佛教世俗化之面貌。作為佛門子弟的僧人身分，精修佛學、廣衍教義是他的使命與職志，而持有悲心、廣為眾生亦是他身為佛徒對苦難世間的悲憫與拔濟。作為知識分子的士之身分，批判社會不公、揭發人情隱微，乃秉持良知之舉，尤其儒士善其身、濟天下之天命，讓貫休依循著道德至高準則，以「仁」之精神敦促政治與人際，遂標舉「忠義孝悌」的具體實踐，因而後世以「風刺教化」的高度看待貫休詩，這是他作為士之身分所肩負的責任和使命。貫休的生命棲止在出世與入世之間，為僧又不為僧、說士又不是士，無怪乎有以「佛門中之畸形人物」

社會與文化》（台北：台灣學生書局，1990 年）。

〔註50〕林谷芳：〈騎驢要下──貫休〈羅漢圖〉〉，《藝術家》第 389 期（2007年 10 月）。

來評價詩僧者。然而，修道者在乎一心，又豈是外相或行止可以論定的？更何況仁愛與慈悲本有異質同構之處，修行的絕佳環境乃在擾攘的世間，陶淵明「結廬在人境，而無車馬喧。問君何能爾？心遠地自偏」不就是最好的例證嗎？

二、熱情的詩僧

　　貫休是晚唐詩僧群相中個性化極為鮮明的一員，他有初唐化俗詩僧那種參透世態的銳利，這使他的詩顯得尖冷，也透著通曉人情的睿智。然而，在看似滿佈針鋒的冷嘲、砭刺、憤懣裡，卻又有著極為熱情的生命態度，他憤恨黑暗荒淫的政治，卻又積極設法投入其中，明知山有虎、偏向虎山行，目的乃在為自己滿腔的政治熱情找尋出路，一方面寄託知遇者一展淑世抱負，一方面亦可藉區域政權得以棲身並獲得利益，也因在國勢鼎革之際不得不有這樣複雜的心思，這使得貫休在藩鎮之間游移，說無投機成分實在難以服人，但這也是詩僧在特殊時代下尋求生存的掙扎與悲歌。

　　而他豐富的個性樣貌掩過了作為一位六根清淨的出家人之形象，從他現存的 735 首詩作看來，在僧與士之間，他像一位士；在道性與詩情的衝決之際，詩情隱然出線，這一切歸根究柢乃因僧人貫休太為有情。有情遂使他個性鮮明，迥異於靜默安然、長伴青燈古佛的那類清修僧；也因有情，使他不甘寂寞，交遊廣闊、熱衷政治、渴求知音、創作不輟都是內在熱情發為外顯的行為；因為有情，所以狂狷、豪曠、率真、倨傲、不羈等評價集於一身，與那些習佛之人沖和淡漠的樣版形象截然不同。「有情」這點對他出家的身分來說實在構成修持上的障絆，這讓貫休明知俗情為苦海，卻偏也難以拔足於苦海之中，遂成了一位有著沙門外相，但內在仍不脫凡夫情懷的詩僧。

三、自由放達之精神特質

　　貫休的曠放不羈、狷傲奇崛之個性讓他的人生一路走得顛躓，其

特立獨行的舉止行徑也在史料、詩話集子裡特別被記上一筆。他在晚唐詩僧群中顯的那麼卓爾不群、難以框架，這其實與他「自由」之精神特質有關，倘若將貫休的詩書畫作品聚合來看，即現異質同構的一致性精神。

　　貫休詩尚奇崛的特色在《唐才子傳》中早已揭示，其粗豪曠放之特質也在《四庫全書總目提要》以及《十國春秋》中被提點出來。再觀貫休的書法，《書史會要》云其「作字尤奇崛」，而羅漢畫被評為「怪古不媚、形骨古怪」也是在《五代詩話》、《圖畫見聞誌》等記載裡有之。綜合觀之，「奇崛」、「粗豪曠放」、「怪古不媚」等評價乃指向「自由、縱逸、不受流俗羈絆」之精神，貫休的詩書畫一致表現出自由不拘的精神特質，實源於他主體內在那飛揚放達的本質所發抒而成，這也表示他具有雄健的生命力，同時亦兼具浪漫的幻想力與勇敢拔俗的精神。而貫休也就是具備有這種藝術家自由奔逸的人格特質，才使他在詩書畫三個領域放出異彩，得以「藝僧」之譽留名青史。

　　不離入世，不廢出世而行於僧、士之間的貫休，其熱情的生命態度使他眷眷紅塵，在禪宗世俗化的發展中演繹「即心即佛」、「平常心是道」的真諦，遂使他兩棲於僧俗二界，在晚唐的詩僧圖像裡成為代表性人物。又，貫休自由放達的精神特質，卓有藝術家氣息，再輔以俚俗的人民性特色，讓他成為詩僧群中十分耀眼活躍又貼近世俗生活的一位。誠然，他「為僧難得不為僧」的生命樣貌在歷史評價上毀譽參半，貫休絕非超凡入聖者，亦不必特意追捧，反倒持平而論才能還給他一個有血有肉的真實生命。缺陷在凡常人身上必然有之，貫休非仙非佛，這些拋卻不了的情感、不甚完美的人格、縱逸奔放之精神反而使他成為一位留名詩僧界的作手，詩名甚至超越他的道價，是中國詩僧群體裡富有特色之一員。

第七章　結　論

　　貫休生於動盪的晚唐五代之交，面臨了安史之亂以後持續壯大的藩鎮割據勢力、飽嚐會昌法難之劫，更受黃巢之亂逼仄而流離失所、朝不保夕，這樣的生命經驗讓貫休不得不遊歷四方，尋求庇護與棲所，因此一生經歷超凡豐富，且由於眼見晚唐苦難大地，慈悲濟世之心常懷胸臆，故屢發批判奸惡腐敗、憂切人民疾苦的聲音。而他顛躓的人生終於在入蜀後得到最終的安穩，即便生命走到晚年他仍掛心國是民生，可稱得上是位入世極深的和尚。他的創作頗豐，詩作量之多在晚唐五代詩僧中僅次於齊己而列居第二，詩集《禪月集》由弟子曇域在貫休身後以《西岳集》為底，再增補貫休晚年作品纂輯而成，約有千首，歷經流傳，南宋可燦禪師、明朝毛晉都曾重刊或重輯，至今可見僅剩約七百三十五首之數。不僅作詩，他的書法（尤其草書）與繪畫（羅漢畫）都在書史、畫史上留名，尤其他那些「眉目非人間所有近似者」之出世間相的羅漢畫與張玄的世間相羅漢形成兩種傳統，於是在羅漢畫史上留下傑出貢獻並形成淵遠流長的影響，此讓貫休在中國羅漢畫領域出名，甚至名盛於詩。我們可以用「士僧」這個角度來評價他，他擁有為「士」達兼天下的胸懷，也具備為「士」應有的學養，他的言行舉止與中國文士並無二致，雖然身披袈裟、剃度出家，但那僅僅是外相，其內在就是個「士」，就是孫昌武先生所指的「僧形的詩人」。

在性格方面，貫休的性格孤傲耿介、特立不羈，這使得他在面對霸氣橫生的強藩時能秉不迎不拒、不攀不推的氣骨，歷史上多稱譽其「有勇無畏」之氣節。此外，貫休還具有詩人「狂狷」的特質，舉止任性恣意、不逢迎虛假、我口道我心，這種不假修飾、不遵世間普遍認知的行止近似癲和尚，然卻又正義耿介、頭腦清醒、批判犀利，儼然是亂世中的「扒糞者」，這也使得貫休那些揭露醜惡、反應世情、針砭諷刺之作有以詩存史的優秀價值。

在《禪月集》的題材類型上，本文歸納出政治詩、交往詩、詠懷詩爲貫休創作之三大題材類型。（一）貫休的政治詩有諷刺、干謁、頌詩等內涵，諷刺類作品揭發權貴與貪官污吏之惡行，並以史爲鑑對君王納諫，反映戰爭造成的傷害損失，這些詩作勇於揭露社會矛盾，具社會寫實精神，是《禪月集》裡價值性極高的一類作品。干謁之作則標舉了貫休對政治的熱情與不甘寂寞之心，他爲「士」的靈魂裝在一襲袈裟中，站上政治舞台一展抱負獲得名利是他人生追求的一環。而頌詩除了歌功頌德外，還能觀察他藉頌詩所構築的理想國度，不宜全以糟粕或逢迎拍馬的眼光評價這些詩，貫休對君主勵精圖治的勸勉，以及對催生大同社會做出的努力都能在這些頌詩中清楚看見。（二）貫休的交往詩內容多元，表現詩人豐富的社交生活，其內涵可分爲敦促與關懷、世俗情態、生活與創作分享三大類。貫休的交遊圈很大一部分是中央與地方的官吏，也不乏有志仕進的後輩與當代的文人雅士，因此或勉勵勤政愛民、或惆悵世亂紛紛、或促賢出仕、或期許忠言進諫是交往詩裡重要的內涵。此外，懷友、別情、傷悼等世俗情態是交往作品裡爲數頗多的情感表現。貫休還在這些交誼酬贈之作中透露了以入世爲出世的懷抱，以及對老病不遇的感嘆，亦分享作詩參禪的生活與對詩作的態度。這類交往詩內容瑣碎，但在看似絮絮叨叨的枝節裡，我們卻能從他最素樸的生活透露，進一步貼近詩人幽微的心靈。（三）貫休的詠懷詩內涵有自剖、藉詠物和懷古詠史來托言喻志、以及透過他對李杜、姚賈等作家的歌詠，一窺貫休在文風上推崇「清新」、

「清雅」、「清和」的傾向。此外，對人間榮辱進行反思、體悟捨妄歸
眞才能回歸眞如無染的自在等義理都是這些詠懷詩的內涵之一。

　　貫休詩歌所反映的文學主張爲：「尊詩與肯定苦吟」，推尊詩務經
綸，文章因載性靈而顯力量，而從尊詩進而愛吟，愛吟發展爲癖吟，
癖吟走上苦吟是貫休對詩歌的態度之發展。又，「以道性爲主、詩情
爲輔」而主詩禪不相妨也是貫休詩的文學主張之一，詩道又何異禪
道，禪道正有益詩道，這是他禪坐吟行的生活之基礎理念。最後，「實
用的政教文學觀」在他的創作思想中表露無遺，貫休那些頌詠風刺、
裨補時闕的作品，體現了救濟時病之用心，也讓他在後世被視以繼白
樂天之流裔。

　　《禪月集》在創作形式上有古詩、近體、齊梁體、樂府歌行、偈
頌，其中古體優於近體，尤其樂府作品價值頗高，不論用古題或新題
都能保持古樂府民歌的樸質，秉寫實精神創作，達到以詩存史的高
度。此外，近體詩佔詩作總數約百分之八十，其中五言律詩約 340 首，
七言律詩約 140 首，爲《禪月集》的主要創作體式。而貫休齊梁體詩
雖作品不多，卻能一窺他在詩歌創作上勇於嘗試的精神，尤其這些擬
齊梁體詩的寫作目的主要爲贈酬友朋，可見貫休與其詩友是有創作技
巧上的交流的，尤其齊梁體詩的重形式美感特色宜於技巧上的琢磨，
故這些作品的存在肯定了貫休作詩曾於技巧上下過苦心，也是他和詩
友往來切磋詩藝的佳證。《禪月集》裡的偈頌、箴言雖然爲數不多，
但卻是展現貫休禪師本色的重要作品，不論是直接言道的開示或勵世
悌勉的格言，都能朗見他對世情投注的苦心孤詣，是貫休明禪示道、
諄諄善導之作。

　　《禪月集》在風格特色上有以議論爲詩、俚俗白話、境清格冷以
及豪放奇崛四大特點。以議論爲詩的形式特色是在句式上採長短錯落
的方式爲詩，使詩歌破除對稱和諧的音律美，而更加散文化以利增進
語言的議論力度。此議論語言、口語散化特色實以韓愈爲先驅，亦是
他揭露現實、針砭世道所必要的直切手法。此外，貫休的俚俗白話作

風乃承新樂府以「俗言俗事入詩」之餘音，也上承初唐化俗詩僧質直意露、坦率真誠、我手寫我口之風，這使得貫休詩呈現黎庶氣息，真率曠放。而境清格冷的風格乃展示了中國僧詩自中唐以降的主基調，詩僧其超塵脫俗的清淨修為讓心不染塵垢，詩境自然呈現沖淡清標、氣質幽冷之美學意趣，這在貫休詩歌裡也多有展現。另，中晚唐的苦吟風潮也與貫休詩氣幽質冷、清雅沖淡的美學追求有直接相關。最後，豪放奇崛的風格乃出自於貫休自身狂狷不羈、尚好奇崛之獨特性格的反射，同時苦吟流風中的奇險路線對他亦不無影響。

　　《禪月集》在用字技巧上較為醒目之特色在於疊字疊句、重字、雙關的使用，這使得貫休詩擁有濃厚的民歌風味，同時讓詩歌的音樂性、形象性得到提升，情感也得到深化，讀來呈現一股民謠的清新氣息。對字句的鍛鍊亦表現他追求詩藝的熱情。此外，映襯、頂真、排比、設問、對偶、誇飾等修辭技巧的使用，都增進詩歌的表情達意與結構力度，提升貫休詩之藝術性。

　　在評價方面，貫休詩之歷代評價主要聚焦於兩個主軸上，其一、針對反應世態、教化諷刺的功能給予褒揚；其二、針對粗野俚俗的語言風格給予貶抑。而在現當代之評價上，主要是對歷史上「教化諷刺」之評的延續與開展，並整合詩書畫評價以觀風格，進而對歷來「俚俗」之貶詆評價的重新反省與理解。最後進行筆者之評價，以「不離入世，不廢出世」、「不脫凡夫情懷的熱情詩僧」以及「自由放達之精神特質」做貫休其人其作之總體評價。

　　晚唐活躍而創作不輟的詩僧貫休，在歷來總是被正統文學史忽略，再加上他不似皎然、齊己有《詩式》、《風騷旨格》之類的詩學理論引人注目，因而晚至近十幾年來才陸續有較系統性、深入性的研究篇目出現。中國大陸地區第一本貫休研究出自 2001 年的四川師範大學碩論，博士論文則於隔年 2002 年出自四川大學，繼之 2005 年、2007 年有兩本碩士論文寫就，台灣地區則尚缺貫休研究之相關學位論文，僅有約十篇左右的文章探討他生平行止、羅漢畫與零星面向。綜觀來

看，大陸地區的學位論文已將貫休的生平行止考述完整，也對貫休詩歌做出部分層面的探討。於 2006 年《禪月集校注》在巴蜀書社首出，這是現今第一本貫休詩集的校注，可見對貫休的研究（尤其在《禪月集》部分）仍留有不小的探討空間，故本文以此命題，嘗試做了如上的研討。最後，礙於筆者學力，本文在研究上仍有諸多局限，這也是本論題在未來開展上還能盡力之處，諸如貫休在詩歌史上、詩僧史上之貢獻與歷史定位為何？與當時詩僧群相較，貫休表現了哪些共性與個性？又，宋元明清各代對貫休詩褒貶兼具，以這些歷史評價觀之，能見該時代哪些審美趣味？還有牽涉到跨領域的畫史問題，貫休的羅漢畫傳本完整，史籍記載也豐富詳盡，其在中國畫史上留下哪些價值與貢獻？這些都是本論題後續還能思考、深究之處。在眾星雲集的文學史上貫休雖非耀眼者，但文學價值是被論述出來的，歷史意義也是透過後代的持續關注而得以建構的，展望未來，希冀貫休、乃至中國詩僧群體都能得到更多研討，獲致更確切的理解與評價。

附　　錄

附錄1　貫休年表

　　本年表的編製參酌陸永峰《禪月集校注》、田道英博論《釋貫休研究》、吳融〈西岳集序〉、曇域〈禪月集後序〉、戴偉華〈貫休行年考述〉、吳文治《中國文學史大事年表》、郁賢皓《唐刺史考全編》、田道英〈貫休蜀中詩歌編年考證〉、《唐才子傳校箋》、《唐詩紀事校箋》、贊寧《大宋高僧傳》、《宣和書譜》、吳任臣《十國春秋》、孫光憲《北夢瑣言》、張唐英《蜀檮杌》、釋文瑩《續湘山野錄》等綜合編撰。

時　　代			貫休之生平與作品			相關人事
帝名	年號／歲次	西元	年齡	詩文	事蹟	
唐文宗	大和6年（壬子）	832	1		貫休生於婺州蘭溪縣（今浙江蘭溪市）登高里姜氏家。	
	大和7年（癸丑）	833	2			羅隱生。
	大和8年（甲寅）	834	3			皮日休約生於此年。
	大和9年（乙卯）	835	4			姚合編《極玄集》。皇甫湜約卒於此年。無可約於此年前後在世。

	開成元年 （丙辰）	836	5			韋莊生。
	開成 2 年 （丁巳）	837	6			司空圖生。聶夷 中生。
	開成 3 年 （戊午）	838	7		家貧，父母雅愛， 投本縣和安寺圓 貞禪師出家爲童 侍。日誦《法華經》 一千字，數月之內 念畢茲經。所覩聞 不忘於心。與鄰院 的處默每隔籬論 詩，互吟尋偶對， 僧有見之，皆驚異 焉。	
	開成 4 年 （己未）	839	8			裴度卒。澄觀 卒。
	開成 5 年 （庚申）	840	9			唐文宗卒，李炎 繼位（武宗）。 李德裕爲相。
唐 武 宗	會昌元年 （辛酉）	841	10		十餘歲發心念佛 經。每於精修之 暇，更相唱和。	宗密卒。李翱 卒。武宗命道士 於三殿建道場 ，並親授法籙， 敕開講道教《南 華經》。
	會昌 2 年 （戊戌）	842	11			劉禹錫卒。
	會昌 3 年 （癸亥）	843	12			武宗敕焚宮內 佛經，埋佛菩薩 天王像等。因好 神仙，道士趙歸 眞得幸。諫官與 李德裕屢進諫 ，均不從。
	會昌 4 年 （甲子）	844	13			武宗以道士趙 歸眞爲左右街 道門教授先生，

					歸眞乘寵，排毀釋氏，帝頗信之。十月，令毀拆天下小寺，經佛入大寺，鐘送道觀。韓偓生。
	會昌5年（乙丑）	845	14	法難作，隨師入山潛修，和安寺奉敕拆毀。	武宗信羅浮道士鄧元起有長生術，遣迎之。鄧與道士劉玄靖、趙歸眞排毀釋氏，拆毀寺廟。武宗令40歲以下僧尼還俗，遞歸本貫。並敕併省天下佛寺。毀寺4600餘，僧尼還俗26萬5百餘。
	會昌6年（丙寅）	846	15		漸至十五六歲，詩名益著，遠近皆聞。

武宗死，憲宗子李忱即位，是爲宣宗。李德裕罷相。誅道士劉玄靖等12人。白居易卒。杜荀鶴生。

唐宣宗	大中元年（丁卯）	847	16		令會昌5年所廢寺院重建，僧尼復歸。栖白約於此年前後在世。
	大中2年（戊辰）	848	17		宣宗再次下令各地添建僧寺。
	大中3年（己巳）	849	18		李德裕卒，朋黨之爭漸平。
	大中4年（庚午）	850	19		李公佐卒。杜光庭生。

大中 5 年（辛未）	851	20		受具足戒。後，入婺州五洩山依從無相道人潛修，開始近十年苦行（約 20～30 歲 在 無 相 座 前）。與赤松山道士舒道紀交遊。	湖南大飢。
大中 6 年（壬申）	852	21			和安寺復建。湖南衡州饑民鄧裴等起義，旋敗。淮南飢。杜牧卒。張祐約卒於此年。
大中 7 年（癸酉）	853	22			陳陶約於此年前後避亂入洪州西山，學神仙之術。
大中 8 年（甲戌）	854	23			姚合約卒於此年。楊發約於此年任蘇州刺史。李頻中進士。
大中 9 年（乙亥）	855	24			淮南飢，民多流亡。節度使杜悰游宴荒政。段成式任處州刺史。
大中 10 年（丙子）	856	25			楊發任福州刺史（大中 10 年～大中 12 年）。
大中 11 年（丁丑）	857	26	上 縉 雲 段 使君。贈處州段郎中。贈軒轅先生。和楊使君遊赤松山。	沿溪流南下，到處州縉雲郡與處州刺史段成式交游。遍參各地高僧大德或知名人士。	宣宗晚年好神仙，遣中使於羅浮山迎道士軒轅集。
大中 12 年（戊寅）	858	27			道士軒轅集堅求還山。岭南、湖南、宣州軍亂。河南、河北。淮南大水。李商隱卒。楊發分別任廣州、婺州刺史。
大中 13 年（己卯）	859	28	送軒轅先生歸羅浮山。	為躲避浙東裘甫之亂，於是離開江東至文化和佛學都比較發達的荊楚地帶，與當時的南楚才人一起賦詩相贈道士軒轅集，詩名大振。	宣宗服長生藥致死。懿宗（李漼）即位。浙東裘甫起義，破象山，逼剡縣。道士軒轅集還歸羅浮山。

唐懿宗	大中 14年 咸通元年 （庚辰）	860	29		在洪州開元寺聽《法華經》精研佛學。期間三多涉學，百舍求師，多方參學，終有所成。	浙東裘甫叛亂被王式敉平，失敗告終。皇甫松約於此年前後在世。
	咸通 2 年 （辛巳）	861	30	上顧大夫。		杜悰爲宰相。大願和尚隱居廬山。
	咸通 3 年 （壬午）	862	31			
	咸通 4 年 （癸未）	863	32	書陳處士屋壁二首。贈鍾陵陳陶處士。送胡處士。寄西山胡玢。海昏見羅鄴。春晚訪鏡湖方干。題方公院兼寄夏侯明府。	於洪州開元寺開講《法華經》、《起信論》，皆精奧義，講訓且勤，時江表仕庶，無不欽風。與隱居洪州西山的道士陳陶相交甚洽，陳陶身邊聚集了一大批詩人詩僧，互有詩作唱酬往來，如朱慶餘、貫休、方干、曹松、李咸用、尚顏、胡玢等。	段成式卒。齊己生。
	咸通 5 年 （甲申）	864	33	山居詩二十四首。春晚寄盧使君。在豫章西山的雲堂院繪制有十六羅漢畫。	咸通四、五年中，於鍾陵（洪州豫章郡）作山居詩二十四章。曾往來於鄱陽（即饒州）與盧知猷交往，知猷擅詩文與書畫，與貫休有文藝的交流。	盧知猷自咸通五年到乾符年間任饒州刺史。
	咸通 6 年 （乙酉）	865	34	上劉商州。	離開洪州，北上京城。	懿宗溺於釋教。柳公權卒。劉蛻約咸通中爲中書舍人，終商州刺使。

咸通7年（丙戌）	866	35			溫庭筠卒。
咸通8年（丁亥）	867	36	題東林寺。上盧使君。	沿鄱陽湖北上廬山（即匡山），師從東林寺大願和尚三年。以篆隸書法題詩東林寺。	
咸通9年（戊子）	868	37			
咸通10年（己丑）	869	38			陸龜蒙與皮日休結識。石霜慶諸禪師已在石霜山。
咸通11年（庚寅）	870	39		返鄉前來到慶諸禪師門下，與齊己成為同門，並任知客僧一職。	嚴惲卒。
咸通12年（辛卯）	871	40	登鄱陽寺閣。別盧使君。別盧使君歸東陽二首。聞許棠及第因寄桂雍。新定江邊作。	返鄉途經饒州，告別刺史盧知猷。回鄉不久又沿蘭江（建德後改稱桐江）北上，與馮岩交往。在寓居桐江期間與新定桂雍交往。	魚玄機卒。馮岩任睦州刺使（咸通12年底～咸通14年底）。
咸通13年（壬辰）	872	41	桐江閑居作十二首。擬齊梁體寄馮使君三首。上馮使君五首。寄馮使君。對雪寄新定馮使君二首。秋末寄上桐江馮使君。陪馮使君遊六首。上馮使君山水障子。上馮使君渡水僧障子。早秋即事寄馮使君。上馮使君水精數珠。別馮使君。春晚桐江上閑望作。寄匡山大願和尚。聞迎真身。再到鍾陵作。江西逢周璡。	到睦州新定郡，與時任睦州刺使的馮岩有大量詩作唱酬往來。在馮岩的資助下，寓居桐江邊，作有〈桐江閑居作十二首〉。因多病思鄉，於咸通14年秋告別馮岩返鄉，途中再回鍾陵。	
咸通14年（癸巳）	873	42			3月懿宗詔兩街僧於鳳翔法門寺迎佛骨。7月懿宗卒，李儇即位（12歲）是為僖宗。關東大旱大水，飢荒嚴重。

唐禧宗	咸通 15 年 乾符元年 （甲午）	874	43	經吳宮。古劍池。秋過錢塘江。讀吳越春秋。曹娥碑。寄大愿和尚。寄廬山大愿和尚。天台老僧。上杭州令狐使君。春晚訪鏡湖方干。送有緣禪師與雷處士入武夷山。懷武夷山禪師。遊嚴陵釣台。寄宋使君。上新定宋使君。溪寺水閣閑眺因寄宋使君。上宋使君。宋使君罷新定移出東館二首。寄杭州宋使君公初罷睦州。寄杭州靈隱寺宋震使君。詠紅芙蓉上宋使。夏雨登干霄亭上宋使君二首。寄新定桂雍。聞新蟬寄桂雍。寄烏龍山賈秦處士。懷周樸張為。秋寄李頻使君二首。	咸通末年到乾符初年，貫休又回到家鄉婺州，並開始雲遊吳越。曾到蘇州漫遊，寓居萬壽寺，並於此間到楞伽寺朝拜曠禪師。在蘇州期間參觀吳宮、劍池等地。離開蘇州後前往越地漫遊，經錢塘江，過曹娥江，途經剡山，到天台山。造訪隱居鏡湖的方干。與武夷山有緣禪師交往。與李頻（姚合的女婿）交往。寓居睦州烏龍寺。與先後任睦州、杭州刺史的宋震交往。與賈秦處士交往。	關東連年水旱，民不聊生，濮州人王仙芝聚眾起義。張為約於此年前後在世。處默約於此年前後在世。令狐綯任杭州刺史（約咸通～乾符年間）。
	乾符 2 年 （乙未）	875	44			王仙芝陷曹、濮二州，敗天平軍，冤句人黃巢聚眾響應。李頻任建州刺史（乾符 2 年～乾符 3 年）。
	乾符 3 年 （丙申）	876	45	聞李頻員外卒。循吏曲上王使君。賀雨上王使君二首。寄拄杖上王使君。秋望寄王使君。瀨江秋居作。故林偶作。苦熱寄赤松道者。途中逢周樸。上盧少卿覓千	深受王慥器重。與青少年時期就已結識的詩友赤松道士舒道紀交往。與盧知猷交往。	王仙芝、黃巢轉攻河南諸州。李頻卒。王慥任婺州刺史（乾符 3 年～乾符 5 年）。盧知猷乾符年間任商州刺史、太常少卿、給事中、中書舍人。有緣禪師離開武夷山，前往括州縉雲郡大賽山建

			。謝盧少卿惠千字文。夜寒寄盧給事。送盧舍人朝覲。賀鄭使君。		院。
乾符4年（丁酉）	877	46			王仙芝、黃巢陷鄂州、郢州、沂州、隋州、濮州等地。鄭鎰任婺州刺史（約乾符4年～乾符6年）。
乾符5年（戊戌）	878	47			巢攻宣州不克，乃引兵入浙東。仙芝部將推黃巢為主，號沖天大將軍，建元王霸。周樸卒。
乾符6年（己亥）	879	48	送鄭使君。		黃巢陷廣州、潭州、澧州，近逼江陵，官軍焚掠江陵而遁。鄭鎰由婺州刺史轉任福建觀察使。
廣明元年（庚子）	880	49	陽春曲。避地寄高蟾。避寇上唐台山。避寇山上作。避寇白沙驛作。避寇遊成福山院。杜侯行并序。別杜將軍。東陽離亂後懷王恊使君五首。鷺鷥有懷。	為避戰亂離開家鄉，流浪於荊湘、吳越一帶。避亂於唐台山、新城，投靠東安都將杜稜。	黃巢別將陷睦州、婺州。田令孜擁僖宗奔成都，黃巢即入長安，稱皇帝，國號大齊，建元金統。孫徽任常州刺史。
廣明二年中和元年（辛丑）	881	50	上孫使君。避地毗陵，寒月上孫徽使君兼寄東陽王使君三首。避地毗陵上王恊使君時黃賊陷東陽，公避地於浙右。聞大願和尚和尚順世三首。懷薛尚書兼呈東	離開新城，前往常州投靠時任常州刺使的孫徽使君。在毗陵（今江蘇常州）有孫徽使君照應，暫寓居山寺中。修改〈山居詩二十四首〉。	僖宗至成都。陸龜蒙卒。虛中約於此年前後在世。大願和尚約卒於廣明~中和年間。棲隱廣明中避巢寇，入廬山折桂峯。

			陽王使君。將入匡山別芳晝二公二首。		
中和2年（壬寅）	882	51	春過鄱陽湖。避寇入銀山。將入匡山宿韓判官宅。秋末	離開江東，流亡到江西，寓居廬山，與一起避亂的文人雅士、當地高僧大德往來密切，如棲隱、處默、修睦、裴說等。	關中農事俱廢，山谷避亂百姓多爲諸軍所執賣。
中和3年（癸卯）	883	52	入匡山船行八首。東西二林寺流水。書匡山老僧菴。再遊東林寺作五首。聞王慥常侍卒三首。大駕西幸秋日聞雷。感懷寄盧給事二首。		皮日休約卒於此年。王慥約卒於此年前後。
中和4年（甲辰）	884	53	淮上逢故人。經棲白舊院二首（棲白應去世不久）。歸東陽臨岐上杜使君七首。商山道者。經普化禪師影院。聞無相道人順世五首。寄杜使君。送杜使君朝覲。經曠禪師院。過商山。灞陵戰叟。邊上行。薊北寒月作。	婺州次太守蔣瓌開洗懺戒壇，命貫休爲監壇。蔣瓌並非高風亮節之士，開戒壇目的在斂財，使得個性耿介孤傲的貫休不堪其辱，憤而離開婺州，到北方中原一帶漫遊（長安、商州、恒州、薊州）。	李克用攻克黃巢。黃巢自殺，唐末農民起義至此結束。關中大飢。蔣瓌自中和4年~景福元年任婺州刺史。
中和5年光啓元年（乙巳）	885	54			僖宗自成都啓程返長安。李克用、王重榮逼京師，僖宗出奔鳳翔。
光啓2年（丙午）	886	55			
光啓3年（丁未）	887	56			杭州刺史錢鏐陷常州。杜稜任常州刺史（光啓3年~龍紀元年）。
光啓4年文德元年（戊申）	888	57			二月僖宗返回長安。石霜慶諸禪師卒。無相道人約於此年前後卒。三月僖宗卒，昭宗李曄即位。方干約卒於此年。

唐昭宗	龍紀元年（己酉）	889	58			吳融、唐備、韓偓及溫庭筠子溫憲同登進士第。曠禪師已卒。
	大順元年（庚戌）	890	59			疊域約於此年前後在世。
	大順2年（辛亥）	891	60			王建攻成都，陳敬瑄降，尋以為節度使。劉崇望兼徐州刺史。
	景福元年（壬子）	892	61			錢鏐為武勝軍防禦使。
	景福2年（癸丑）	893	62		為眾安橋強氏藥肆作羅漢畫。曾向錢鏐獻詩「今日再三難更讓，讖辭唯道待錢來」。貫休時居杭州靈隱，以詩五章投錢鏐，有「滿堂花醉三千客，一劍光寒十四州」，錢鏐諭改「十四」為「四十」，方相見。貫休言，「州亦難添，詩亦不改，然閑雲孤鶴，何天而不可飛耶？」於是飄然入蜀。由於得罪錢鏐，又錢氏是個嗜血的土霸主，於是憤而離開吳越，遠赴荊南。	李洞約於此年前後在世。
	乾寧元年（甲寅）	894	63	寄瀾公二首。武昌縣與畫公兼寄邑宰。鄂渚贈祥公。鄂渚逢楊贊禹。寄棲一上人。劉相公見訪。送劉相公朝覲	途經黟縣、歙縣，在歙州為唐安寺僧清瀾畫十六羅漢像。寓居武昌，結識武昌僧人棲一。五月，逢鄂州刺使杜洪派兵攻打黃州，致武昌一	有緣禪師遷居連雲院，盧約時任處州刺史（中和3年～天祐4年），恭請有緣遷居到縉雲郡開元寺居住供奉。

			二首。綉州張相公見訪。送盧秀才應舉。	帶戰亂不斷，貫休爲避兵荒，來到江陵投奔當時頗有治績的荊南節度使成汭，受成汭賞識，被安置在江陵龍興寺居住，也由於他詩書畫均聲望遠播，故常有拜訪者。此時遇亦遭謫官的內翰吳融，往來論道論詩。與劉氏兄弟結緣於江陵，互有詩酬贈。	
乾寧2年（乙卯）	895	64	上荊南府主三讓德政碑。劉相公見訪（劉崇望）。送劉相公朝覲二首（劉崇望）。贈抱麻劉舍人（劉崇魯）。古鏡詞上劉侍郎（劉崇龜）。		浙東節度使董昌僭號稱羅平國，年稱大聖，用婺州刺史蔣瓌爲相。劉崇望貶昭州司馬，途中被召回，遷兵部尚書。十月，劉崇魯坐貶崖州司戶。
乾寧3年（丙辰）	896	65	送吳融員外赴闕。送鄭準赴舉。春送趙文觀送合州座主神櫬歸洛。	吳融蒙恩詔歸，與貫休別。貫休袖出《西岳集》歌詩草一本。	歐陽炯生。五月，成汭驅逐武泰節度使王建肇，據有黔中。董昌爲鎮海節度使錢鏐所攻殺。年冬吳融歸京。
乾寧4年（丁巳）	897	66	送姚泊拾遺自江陵幕赴京。送張拾遺赴施州司戶。懷盧延讓時延讓新及第。送吏部劉相公除東川（劉崇望）。送	寓居江陵。期間與姚泊、張道古等交遊。	昭宗在華州行宮，韓建迫昭宗罷諸王兵權，繼幽諸王。鄭準進士及第。
乾寧5年光化元年（戊午）	898	67			昭宗還京。劉崇望任東川節度使兼梓州刺史。

光化2年 （己未）	899	68	王貞白重試東歸。送王轂及第後歸江西。送令狐澳赴闕。	寓居江陵。吳融爲貫休詩集《西岳集》作序。	修睦約於此年爲洪州僧王。
光化3年 （庚申）	900	69		寓居江陵。	韋莊編選《又玄集》成。盧延讓進士及第。
光化4年 天復元年 （辛酉）	901	70	江陵寄翰林韓偓學士。春晚寄吳融、于兢二侍郎。	寓居江陵。荊州成中令問其筆法非耶，貫休曰：「此事須登壇而授，非草草而言。」成令銜之，乃遭貶黔中（約於天復元年暮春之後）。黔中多瘴癘，水土不服染病，故詠《病鶴》詩以見志：「見說氣清邪不入，不知爾病自何來。」以詩見意也。	韋莊以中原多故，再次入蜀，欲依王建。吳融進戶部侍郎。韓偓得王溥薦舉爲翰林進士。曹山本寂禪師卒。
天復2年 （壬戌）	902	71	春晚寄張侍郎。秋末寄張侍郎。寄景判官兼思州葉使君。遊雲頂山晚望。秋過相思寺。三峽聞猿。春日許徵君見訪。秋夜懷嵩少因寄洛中舊知。	黜於黔州，復隱南嶽。鬱悒中題硯子曰：『入匣始身安。』弟子勸貫休入蜀。秋末以後，開始西行入蜀。	封錢鏐爲越王。盧延讓約於此年前後在世。
天復3年 （癸亥）	903	72	大蜀高祖潛龍日獻陳情偈頌。陳情獻蜀皇帝。蜀王入大慈寺聽講天復三年作。蜀王登福感寺塔三首。到蜀與鄭中丞相遇。	貫休入蜀（約初春），以詩投王建曰：「河北江東處處災，惟聞全蜀少塵埃。一瓶一鉢垂垂老，萬水千山得得來。秦苑幽棲多勝景，巴歈陳貢愧非才。自慚林藪龍鍾者，亦得親登郭隗臺。」王建大悅，呼爲得得來和尚，	封王建爲蜀王，時唐室衣冠之族多避難在蜀且受到禮用，王建使修舉故事，故其典章文物有唐遺風。吳融約卒於此年前後。馮延巳生。薛貽矩貶峽州。舒道紀約於

					先駐錫成都東禪院，賜賚優渥，署號禪月大師。後專建龍華道場令居之。	昭宗在位年間去世。
唐哀帝	天復4年天祐元年（甲子）	904	73	大蜀皇帝潛龍日述聖德詩五首。酬韋相公見寄。送薛侍郎貶峽州司馬。聞赤松舒道士下世東陽未亂前相別。	居蜀期間，與韋莊、張格、王鍇、周庠、歐陽炯、杜光庭、鄭騫、毛文錫等朝廷重臣交遊酬唱。	朱全忠使朱友恭、蔣玄暉等殺昭宗於椒殿，擁李柷即位，是爲哀帝。鄭谷約於此年前後在世。
	天祐2年（乙丑）	905	74			朱全忠回大梁，急欲篡唐。
	天祐3年（丙寅）	906	75			裴說、唐求約於此年前後在世。
五代十國（公元907～960）						
唐哀帝後梁太祖（朱晃）前蜀王建	天祐4年後梁太祖開平元年前蜀王建天復7年（丁卯）	907	76	在蜀中寓居的十年時間裡，曾繪制十六羅漢像。送鄭侍郎騫赴闕。		梁王朱全忠稱帝於汴州，改名晃，國號梁，建元開平，視爲後梁太祖。廢唐帝爲濟陰王，幽於曹州。九月，蜀王王建稱帝，國號蜀，一切開國制度號令刑政禮樂，多出於韋莊之手。杜荀鶴卒。有緣禪師卒。
前蜀高祖（王建）	後梁太祖開平2年前蜀高祖武成元年（戊辰）	908	77	壽春節進。悼張道古昭宗時道古官拾遺，以直諫貶蜀中死。和毛學士舍人早春。和韋相公話婺州陳事。酬張相公見寄。	王建累加貫休封號「大蜀國龍樓待詔明因辯果功德大師、祥驥殿首座引駕內供奉講唱大師、道門子使選鍊校授文章應制大師、兩街僧錄封司空太僕卿雲南八國鎮國大師、左右街龍華道場對御講贊大師兼禪月大師、食邑八千戶賜紫大沙門」。	前蜀開國，蜀王王建建元武成。梁主朱晃弑濟陰王，追諡唐哀皇帝。司空圖卒。張道古卒。鄭騫卒。毛文錫任翰林學士承旨兼中書舍人。

後梁太祖 開平 3 年 前蜀高祖 武成 2 年 （己巳）	909	78	大蜀皇帝壽春節進堯銘、舜頌二首。壽春節進大蜀皇帝五首。壽春節進祝聖七首。和韋相公見示閑臥。酬王相公見贈。酬周相公見贈。		羅隱卒。
後梁太祖 開平 4 年 前蜀高祖 武成 3 年 （庚午）	910	79			韋莊卒。
後梁太祖 開平 5 年 後梁太祖 乾化元年 前蜀高祖 永平元年 （辛未）	911	80			蜀改元爲永平。5 月梁改元乾化。
後梁太祖 乾化 2 年 前蜀高祖 永平 2 年 （壬申）	912	81	少年行三首。大蜀高祖潛龍日獻陳情偈頌。大蜀皇帝潛龍日述聖德詩五首。	二月，王建親臨龍華禪院，召貫休令誦近詩。時貴戚皆坐，休欲諷之，乃稱〈公子行〉云：「錦衣鮮華手擎鶻，閑行氣貌多輕忽。稼穡艱難總不知，五帝三皇是何物？」建稱善，貴倖皆怨之。十二月，貫休召門人，謂曰：「古人有言：地爲床兮天爲蓋，物何小兮物何大。苟愜心兮自忻泰，聲與名兮何足賴？吾之住世亦何久耶！然吾啓首足，曾無愧心。汝等以吾平生事之以儉，可於王城外藉之以草，覆之	貫休卒於成都。

				以紙，而藏之。愼勿動眾而厚葬焉。」言迄，掩然而絕息，遂具表聞天。蜀主戚然久之。	
後梁末帝乾化 3 年前蜀高祖永平 3 年（癸酉）	913			三月十七日，於成都北門外十餘里葬焉，置塔之所，地號昇遷。弟子曇域亦遵從師之遺命爲《西岳集》重新作序（大蜀乾德五年完稿），並應諸多詩友要求重新整編詩集，命名《禪月集》。	

附錄 2-1 「日本宮內廳版本」之貫休羅漢畫

圖像來源 楊新：《五代貫休羅漢圖》
（北京：文物出版社，2008 年）。

附錄 2-2　「日本宮內廳版本」之貫休羅漢畫

圖像來源　楊新：《五代貫休羅漢圖》
（北京：文物出版社，2008 年）。

附錄 2-3 「日本宮內廳版本」之貫休羅漢畫

圖像來源　楊新：《五代貫休羅漢圖》
（北京：文物出版社，2008 年）。

附錄 2-4　「日本宮內廳版本」之貫休羅漢畫

圖像來源　楊新：《五代貫休羅漢圖》
（北京：文物出版社，2008 年）。

附錄 2-5 「日本宮內廳版本」之貫休羅漢畫

宮內廳本《羅漢圖》之五

圖像來源　楊新：《五代貫休羅漢圖》
（北京：文物出版社，2008 年）。

附錄 2-6　「日本宮內廳版本」之貫休羅漢畫

圖像來源　楊新：《五代貫休羅漢圖》
（北京：文物出版社，2008 年）。

附錄 2-7 「日本宮內廳版本」之貫休羅漢畫

圖像來源　楊新：《五代貫休羅漢圖》
（北京：文物出版社，2008 年）。

附錄 2-8　「日本宮內廳版本」之貫休羅漢畫

圖像來源　楊新：《五代貫休羅漢圖》
（北京：文物出版社，2008 年）。

附錄 2-9 「日本宮內廳版本」之貫休羅漢畫

圖像來源　楊新：《五代貫休羅漢圖》
（北京：文物出版社，2008 年）。

附錄 2-10　「日本宮內廳版本」之貫休羅漢畫

宮內廳本《羅漢圖》之一〇

圖像來源　楊新：《五代貫休羅漢圖》

（北京：文物出版社，2008 年）。

附錄 2-11 「日本宮內廳版本」之貫休羅漢畫

圖像來源　楊新：《五代貫休羅漢圖》
（北京：文物出版社，2008 年）。

附錄 2-12　「日本宮內廳版本」之貫休羅漢畫

圖像來源　楊新：《五代貫休羅漢圖》
（北京：文物出版社，2008 年）。

附錄 2-13　「日本宮內廳版本」之貫休羅漢畫

圖像來源　楊新：《五代貫休羅漢圖》
　　　　　（北京：文物出版社，2008 年）。

附錄 2-14　「日本宮內廳版本」之貫休羅漢畫

圖像來源　楊新：《五代貫休羅漢圖》
（北京：文物出版社，2008 年）。

附錄 2-15 「日本宮內廳版本」之貫休羅漢畫

宮內廳本《羅漢圖》之一五

圖像來源 楊新：《五代貫休羅漢圖》
（北京：文物出版社，2008 年）。

附錄 2-16　　「日本宮內廳版本」之貫休羅漢畫

圖像來源　楊新：《五代貫休羅漢圖》
（北京：文物出版社，2008 年）。

附錄 3-1 「京都高台寺版本」之貫休羅漢畫

圖像來源　阮榮春編著：《中國羅漢圖》

（長沙：湖南美術出版社，2000 年）。

附錄 3-2　「京都高台寺版本」之貫休羅漢畫

圖像來源　阮榮春編著：《中國羅漢圖》
　　　　　（長沙：湖南美術出版社，2000 年）。

附錄 3-3 「京都高台寺版本」之貫休羅漢畫

圖像來源 阮榮春編著:《中國羅漢圖》
(長沙:湖南美術出版社,2000 年)。

附錄 3-4　「京都高台寺版本」之貫休羅漢畫

圖像來源　阮榮春編著：《中國羅漢圖》
　　　　　（長沙：湖南美術出版社，2000 年）。

附錄 3-5 「京都高台寺版本」之貫休羅漢畫

圖像來源　阮榮春編著：《中國羅漢圖》
　　　　　（長沙：湖南美術出版社，2000年）。

附錄 3-6　　「京都高台寺版本」之貫休羅漢畫

圖像來源　阮榮春編著：《中國羅漢圖》
　　　　　（長沙：湖南美術出版社，2000 年）。

附錄 3-7 「京都高台寺版本」之貫休羅漢畫

圖像來源 阮榮春編著：《中國羅漢圖》

（長沙：湖南美術出版社，2000 年）。

附錄 3-8　「京都高台寺版本」之貫休羅漢畫

圖像來源　阮榮春編著：《中國羅漢圖》
（長沙：湖南美術出版社，2000 年）。

附錄 3-9 「京都高台寺版本」之貫休羅漢畫

圖像來源　阮榮春編著：《中國羅漢圖》
　　　　　（長沙：湖南美術出版社，2000 年）。

附錄 3-10 「京都高台寺版本」之貫休羅漢畫

圖像來源　阮榮春編著：《中國羅漢圖》
（長沙：湖南美術出版社，2000 年）。

附錄 3-11　「京都高台寺版本」之貫休羅漢畫

圖像來源　阮榮春編著：《中國羅漢圖》
　　　　　（長沙：湖南美術出版社，2000 年）。

附錄 3-12　　「京都高台寺版本」之貫休羅漢畫

十六羅漢像（之十二）　南宋　佚名（傳貫休）〔日〕高白寺藏

圖像來源　阮榮春編著：《中國羅漢圖》
　　　　　（長沙：湖南美術出版社，2000 年）。

附錄 3-13 「京都高台寺版本」之貫休羅漢畫

圖像來源　阮榮春編著：《中國羅漢圖》
　　　　　（長沙：湖南美術出版社，2000 年）。

附錄 3-14　「京都高台寺版本」之貫休羅漢畫

圖像來源　阮榮春編著：《中國羅漢圖》

　　　　　（長沙：湖南美術出版社，2000 年）。

附錄 3-15 「京都高台寺版本」之貫休羅漢畫

圖像來源　阮榮春編著：《中國羅漢圖》
　　　　　（長沙：湖南美術出版社，2000 年）。

附錄 3-16　　「京都高台寺版本」之貫休羅漢畫

圖像來源　阮榮春編著：《中國羅漢圖》
　　　　　（長沙：湖南美術出版社，2000 年）。

附錄 4 「東京藤田美術館藏版本」之貫休羅漢畫

圖像來源　高崎富士彥編：《日本の美術：羅漢圖》

（東京都新宿區：至文堂，1985 年〔昭和 60 年〕）。

附錄 5　「根津美術館藏版本」之貫休羅漢畫

◀第42図 ◎羅漢図（伝禅月筆 第九号 根津美術館）

圖像來源　高崎富士彥編：《日本の美術：羅漢圖》
　　　　　（東京都新宿區：至文堂，1985年〔昭和60年〕）。

附錄 6-1 「台北故宮博物院《秘殿珠林》著錄本」 之貫休羅漢畫

五代前蜀貫休畫羅漢 軸

圖像來源 國立故宮博物院編輯委員會：《故宮書畫圖錄（一）》
（台北：國立故宮博物院，1989 年）。

附錄 6-2　「台北故宮博物院《秘殿珠林》著錄本」
　　　　　　之貫休羅漢畫

圖像來源　國立故宮博物院編輯委員會：《故宮書畫圖錄（一）》
　　　　　（台北：國立故宮博物院，1989 年）。

附錄 7　「杭州聖因寺版本」之貫休羅漢畫

圖4　（傳）五代貫休〈第十一羅怙羅尊者〉拓片　杭州　聖因寺本　《貫休十六羅漢像》

圖像來源　李玉珉：〈明末羅漢畫中的貫休傳統及其影響〉，《故宮學術
　　　　季刊》第 22 卷第 1 期（2004 年秋季）。

附錄 8　乾隆御題杭州聖因寺貫休繪十六羅漢應眞像贊[*]

第一　賓度羅跋墮闍尊者

有臺其背，有龐其眉。經橫於膝，無慮無思。
稽首尊者，壽復何若？侍然燈筵，待彌勒閣。

第二　迦諾迦伐蹉尊者

五蘊六識，眞幻異同。豎此一指，非彼天龍。
木石居，毛生手足。何不剪之，誰剪豕鹿？

第三　賓頭盧頗羅墮誓尊者

前身飲光，後身慧理。西竺靈鷲，識飛來此。
芒鞵幾兩，竹杖一根。可放下著，注此聖因。

第四　難題密多羅慶友尊者

以沉水香，炷折脚鼎。三藏靈文，轉彈指頃。
法尚不住，何像可留？問誰多事？曰此貫休。

第五　跋諾迦尊者

軒鼻呴口，念珠在手。萬法歸一，一法不受。
娑羅樹下，兀然忘形。演無聲偈，有童子聽。

第六　脫沒囉跋陀尊者

灌頂豐頤，著水田衣。七佛說偈，都得聞之。
目窮色空，任期蚨蠣。趺坐盤陀，行脚事畢。

第七　迦理迦尊者

撼石側膝，於焉以息。惟是上人，非語非默。
眉手拖地，以手挽之。詎云揀擇，示此絲絲。

---

[*] 引自羅香林：〈晚唐貫休繪十六羅漢應眞像石刻述證〉，收錄於張曼濤主
　編：《佛教藝術論集》，頁 317～321。

第八　代闍那弗多尊者

顀顙其面，□㞞其身。中有好相，熟識此因。
以經擲地，參學事訖。佛尙不居，而況非佛。

第九　戒博迦尊者

扇取祛熱，衣取避寒。云無寒熱，是外道禪。
熱即熱中，寒離寒裏。金不復礦，水仍是水。

第十　半託迦尊者

了一切法，參如是經。水流石冷，風過花馨。
示囫圇地，示光明藏。立意掃除，是謂理障。

第十一　羅怙羅尊者

亢眉瞪目，若有所怒。借問佛子，怒生何處。
喜爲怒對，怒亦喜因。畫師著筆，任其傳神。

第十二　那迦犀那尊者

曉目突額，若鬼臾區。見者莫怖，大慈眞如。
呿唖偃仰，合掌雙手。不聖不凡，非無非有。

第十三　因揭陀尊者

衣披百衲，杖扶一節。梵書貝帙，注目橫胸。
阿唎吒迦，若有所記。記則不無，而非文字。

第十四　伐那婆斯尊者

閉目巖中，人無生忍。流水行雲，事理俱泯。
聊復爾爾，起心則那。威音賢刦，一瞬而過。

第十五　阿氏多尊者

抱膝獨坐，嗒然若忘。心是菩薩，貌是鬼王。
左構檀塗，右利刀割。何怨何恩，平等解脫。

第十六　注荼半托迦尊者

倚槎枒樹，憩個傷身。誰爲觸背，誰爲主賓？

示其兩指，以扇拂之。捉摸不得，擬議即非。

附錄 9　蘇軾：自南海歸，過清遠寶林寺，敬贊禪月所畫十八大阿羅漢*

第一　賓度羅跋囉墮尊者

白氎再膝，貝多在巾。目視超然，忘經與人。
面顜百皺，不受刀箆。無心掃除，留此殘雪。

第二　迦諾迦代蹉尊者

耆年何老，粲然復少。我知其心，佛不妄笑。
瞋喜雖幻，笑則非眞。施此無慘，與無量人。

第三　迦諾迦跋梨隨闍尊者

揚眉注目，撫膝橫拂。問此大士，爲言爲默。
默如雷霆，言如墻壁。非言非默，百祖是式。

第四　蘇頻陀尊者

聯耳屬肩，綺眉覆顴。佛在世時，見此耆年。
開口誦經，四十余齒。時聞雷電，出一彈指。

第五　諾矩羅尊者

善心爲男，其室法喜。背癢孰爬，有木童子。
高下適當，輕重得宜。使眞童子，能如茲乎？

第六　跋陀羅尊者

美狼惡婉，自昔所聞。不圓其輔，有圓者存。
現六極相，代眾生報。使諸佛子，具佛相好。

第七　迦理迦尊者

佛子三毛，髮眉與鬚。既去其二，一則有餘。

---

* 〔宋〕蘇軾：《東坡全集》卷 95，收錄於〔清〕紀昀等總纂：《景印文淵閣四庫全書》第 1108 冊集部 47 別集類，頁 527～529。

因以示眾，物無兩遂。既得無生，則無生死。

第八　代闍羅弗多尊者

兩眼方用，兩手自寂。用者注經，寂者寄膝。
二法相忘，亦不相捐。是四句偈，在我指端。

第九　戒博迦尊者

一劫七日，刹那三世。何念之勤，屈指默計。
屈者已往，信者未然。孰能住此，屈伸之間。

第十　半託迦尊者

垂頭沒肩，俛目注視。不知有經，而況字義。
佛子云何，飽食晝眠。勤苦功用，諸佛亦然。

第十一　羅怙羅尊者

面門月圓，童子電爛。示和猛容，作威喜觀。
龍象之姿，魚鳥所驚。以是幻身，為護法城。

第十二　那迦犀那尊者

以惡轎物，如火自熱。以信入佛，如水自濕。
垂眉捧手，為誰虔恭。大師無德，水火無功。

第十三　因揭陀尊者

捧經持珠，杖則倚肩。植杖而起，經珠乃開。
不行不立，不坐不臥。問師此時，經杖何在？

第十四　伐那婆斯尊者

六塵既空，出入息滅。松摧石隕，路迷草合。
逐獸於原，得箭忘弓。偶然汲水，忽然相逢。

第十五　阿氏多尊者

勞我者暫，休我者黔。如晏如岳，鮮不僻淫。
是哀駘它，澹臺滅明。各研于心，得法眼正。

第十六　注半託迦尊者

以口說法，法不可說。以手示人，手去法滅。

生滅之中，自然眞常。是故我法，不離色聲。

第十七　慶友尊者

以口誦經，以手歎法。是二道場，各自起滅。

孰知毛竅，八萬四千。皆作佛事，說法燉然。

第十八　賓頭盧尊者

右手持杖，左手拊石。爲手持杖，爲杖持手。

宴坐石上，安以杖爲。無用之用，世人莫知。

附錄 10　紫柏尊者：唐貫休畫十六應眞賛*

第一　賓度羅跋囉墮闍尊者

一手持杖而手屈二指，膝上閣經而不觀。杖穿虎口，餘指開屈，以此爲人，喚渠何物。頭顱異常隆而復窊，巖底雙眸，光芒難遮。

第二　迦諾迦伐蹉尊者

雙手結印而杖椅肩，形如古木，忽開面門，鬚眉之間，眼挂鼻掀。椰栗一條，拳拳握牢，有心無心，筆墨難描。

第三　迦諾迦跋黎墮闍尊者

骨瘦稜層，目瞠而眉橫如劍，右手執拂，左手按膝。骨齊枯柴，物我忘懷，眼露眉橫，見人活埋。右手握拂，抑揚雌雄，聳眉並足，龍象之宗。

第四　蘇頻陀尊者

趺坐石上，右手握拳，左手按膝，眉長覆面。一手握拳，一手閣膝，累足而坐，萬古一日。面部少寬，頭多峰巒，若問法義，兩眉覆顴。

第五　諾矩羅尊者

雙手執木，童子爬癢，俄覺背癢，手爬不能。用木童子，一爬癢停，未癢癢無，既癢爬除，敢問尊者，此癢如何。

第六　跋陀羅尊者

匾腦豐頤，瞠目上視，手掐數珠。，春秋幾何，晝夜百八，珠轉如輪，聖凡生殺。腦額欠肥，偏頗所希。眼光射空，鳥駭停飛。

---

* 〔明〕憨山德清閱：《紫柏尊者全集》卷 18，收錄於《新編縮本乾隆大藏經》第 151 冊（台北：新文豐出版公司，1991 年），頁 429。

第七 迦理迦尊者

宴坐石上，眉長繞身。面不盈楪，五官分職，聲色香味，各有法則。身無一尋，眉長丈餘，以此爲舌，隨時卷舒。

第八 伐闍羅弗多尊者

露肩交手，注目視經。貝多展石，橫眸讀之，交臂露肩，心有所思。空山無人，老樹爲伴，風弄新條，如柔如斷。

第九 戒博迦尊者

側坐正見半面，一手執扇拂，一手屈三指。左手握扇，右手握拳，眾人之見，我則不然。以扇握手，拳亦何有，作是觀者，雲山我肘。

第十 半託迦尊者

雙手持經，縮頸聳肩，注目視之。肩高枕骨，目迸天裂，經轉雙瞳，清機漏洩。風月無主，煩茲耆年，是龍是蛇，逐句試宣。

第十一 羅怙羅尊者

撐眉怒目，手有所指。怒則不喜，雙目如劍，眸子流火，晴空電閃。凡有邪思，指之即空，本光獨露，如日在中。

第十二 那迦犀那尊者

擎拳拄頷，開口露舌，見喉而大笑。目動眉搖，開口見舌，以誠悟物，擎拳曲折。背後雲山，流泉潺潺，不以耳聞，我心始閒。

第十三 因揭陀尊者

杖藜倚肩，左手托經垂頭而注視，右手掐珠。降伏其心，使心不閒，珠輪指上，經置掌間。猶恐其放，杖倚腹肩，以經視眼，心遊象先。

第十四 伐那婆斯尊者

六用不行，入定巖谷。心如死灰，形如槁木，神妙萬物，蒼巖骨

肉。鐵磬誰鳴，空谷傳聲，呼之不聞，不呼眼睜。

第十五　阿氏多尊者

雙手抱膝而開口仰視，齒牙畢露，脫去數枚。抱膝何勞，頭顱岌巋，縴開口縫，舌相可描。以眼說法，開合無常，明暗代謝，奚累此光。

第十六　注茶半託迦尊者

倚枯槎而書空，腰插椶扇一握，上畫日月。古樹苔垂，指頻屈伸，請問大士，爲我爲人。椶扇一柄，匪搖風生，無邊熱惱，披拂頓清。

參考書目

一、古　籍（依朝代順序排列）

1. 〔唐〕釋貫休：《禪月集》影宋刊本・補遺配明末毛氏汲古閣刊本（台北：台灣學生書局，1975 年）。

2. 〔唐〕釋貫休：《禪月集》，收錄於《百部叢書集成 95 金華叢書（第 12 函）》（台北：藝文印書館，1968 年）。

3. 〔唐〕釋貫休：《禪月集》，收錄於《四部叢刊初編》集部（第 43 冊）（台北：台灣商務印書館，1975 年）。

4. 〔唐〕釋貫休著、陸永峰校注：《禪月集校注》（成都：巴蜀書社，2006 年）。

5. 毛子水註譯：《論語今註今譯》（台北：台灣商務印書館，1984 年）。

6. 史次耘註譯：《孟子今註今譯》（台北：台灣商務印書館，1984 年）。

7. 王夢鷗註譯：《禮記今註今譯》（台北：台灣商務印書館，1990 年）。

8. 宋天正註譯：《中庸今註今譯》（台北：台灣商務印書館，1994 年）。

9. 楊家駱主編：《新校漢書藝文志》（台北：世界書局，1963 年）。

10. 大藏經編輯委員會編：《大藏經》（台北：新文豐出版公司，1988 年）。

11. 馬鳴菩薩原著、杜繼文譯注：《大乘起信論全譯》（四川：巴蜀書社，1992 年）。

12. 〔漢〕劉向等撰：《神仙傳　疑仙傳　列仙傳》（台北：廣文書局，1989 年）。

13. 〔晉〕葛洪：《抱朴子內篇校釋》（台北：里仁書局，1981 年）。

14. 〔南朝宋〕劉義慶著、余嘉錫選注:《世說新語箋疏》(台北:仁愛書局,1984 年)。

15. 〔南朝齊〕謝赫:《古畫品錄》及其他三種(北京:中華書局,1985 年)。

16. 〔南朝梁〕江淹:《江文通集》(台北:台灣商務印書館,1965 年)。

17. 〔南朝梁〕劉勰著、周振甫注:《文心雕龍注釋》(台北:里仁書局,1998 年)。

18. 〔南朝梁〕蕭統:《昭明文選》(鄭州:中州古籍出版社,1990 年)。

19. 〔南朝梁〕鍾嶸著,成林、程章燦注譯:《新譯詩品讀本》(台北:三民書局,2003 年)。

20. 張錫厚校輯:《王梵志詩校輯》(北京:中華書局,1983 年)。

21. 徐光大:《寒山子詩校注》附拾得詩(西安:陝西人民出版社,1991 年)。

22. 〔唐〕釋道宣:《廣弘明集》(上海:上海商務印書館,1965 年)。

23. 〔唐〕慧能:《壇經校釋》(台北:文津出版社,1987 年)。

24. 〔日人遣唐使〕弘法大師(遍照金剛):《文鏡祕府論》(台北:河洛出版社,1976 年)。

25. 〔唐〕釋皎然:《詩式》(台北:台灣商務印書館,1965 年)。

26. 〔唐〕吳兢:《樂府古題要解》(濟南:齊魯書社,1997 年)。

27. 〔唐〕杜甫著、仇兆鰲注:《杜詩詳注》(台北:里仁書局,1980 年 7 月)。

28. 〔唐〕王維著、趙殿成箋:《王右丞集箋註》(台北:河洛出版社,缺出版年)。

29. 〔唐〕白居易著、朱金城箋校:《白居易集箋校》(上海:上海古籍出版社,1988 年)。

30. 〔唐〕韓愈:《韓昌黎全集》(北京:中華書局,1966 年)。

31. 〔唐〕劉禹錫著、瞿蛻園校點:《劉禹錫全集》(上海:上海古籍出版社,1999 年)。

32. 〔唐〕劉禹錫著、瞿蛻園箋證:《劉禹錫集箋證》(上海:上海古籍出版社,1989 年)。

33. 〔唐〕殷璠:《河嶽英靈集》(上海:上海商務印書館,1965 年)。

34. 〔唐〕張彥遠:《歷代名畫記》(北京:中華書局,1985 年)。

35. 〔蜀〕何光遠:《鑒誡錄》(北京:中華書局,1985 年)。

36. 〔宋〕釋道原撰、顧宏義注譯：《新譯景德傳燈錄》（台北：三民書局，2005 年）。

37. 〔宋〕歐陽修、宋祁撰：《新唐書》（北京：中華書局，1995 年）。

38. 〔宋〕司馬光：《資治通鑑》（台北：台灣中華書局，1969 年）。

39. 〔宋〕鄭樵：《通志》（杭州：浙江古籍出版社，2000 年）。

40. 〔宋〕王堯臣等編次：《崇文總目》（北京：中華書局，1985 年）。

41. 〔宋〕贊寧撰、范祥雍點校：《宋高僧傳》（台北：文津出版社，1988 年）。

42. 〔宋〕劉禹偁：《小畜集》（上海：上海商務印書館，1965 年）。

43. 〔宋〕晁公武：《郡齋讀書志》（台北：廣文書局，1967 年）。

44. 〔宋〕郭若虛：《圖畫見聞誌》（北京：中華書局，1985 年）。

45. 〔宋〕黃休復：《益州名畫錄》（北京：中華書局，1991 年）。

46. 〔宋〕黃柏思：《東觀餘論》（北京：中華書局，1991 年）。

47. 〔宋〕龔明之：《中吳紀聞》（北京：中華書局，1985 年）。

48. 〔宋〕陳振孫：《直齋書錄解題》（北京：中華書局，1985 年）。

49. 〔宋〕計有功撰、王仲鏞校箋：《唐詩紀事校箋》（四川：巴蜀書社，1989 年）。

50. 〔宋〕嚴羽著、郭紹虞校釋：《滄浪詩話校釋》（台北：里仁書局，1987 年）。

51. 〔宋〕蔡絛：《西清詩話》（台北：廣文書局，1973 年）。

52. 〔宋〕阮一閱：《詩話總龜》（台北：廣文書局，1973 年）。

53. 〔宋〕葉夢得：《石林詩話》（北京：中華書局，1991 年）。

54. 〔宋〕惠洪：《冷齋夜話》（北京：中華書局，1988 年）。

55. 〔宋〕姚勉：《雪坡集》，王雲五主編，四庫全書珍本十一集（台北：臺灣商務印書館）。

56. 〔宋〕劉克莊：《後村先生大全集》，收錄於《四部叢刊初集部》（上海：上海商務印書館，1965 年）。

57. 〔宋〕釋文瑩撰，鄭世剛、楊立揚點校：《湘山野錄·續錄》（北京：中華書局，1997 年）。

58. 〔宋〕沈括著、楊家駱主編：《元刊夢溪筆談及新校注合刊》（台北：鼎文書局，1997 年）。

59. 〔宋〕張唐英著，王文才、王炎校箋：《蜀檮杌校箋》（成都：巴蜀書社，1999 年）。

60. 〔宋〕張世南撰，張茂鵬點校：《游宦紀聞》（北京：中華書局，1997年）。

61. 〔宋〕洪興祖：《楚辭補註》（台北：藝文印書館，1968年）。

62. 佚名：《宣和書譜》（北京：中華書局，1985年）。

63. 佚名：《宣和畫譜》（北京：中華書局，1985年）。

64. 〔金〕元好問：《遺山先生文集》（上海：上海商務印書館，1965年）。

65. 〔元〕方回選評，李慶甲集評校點：《瀛奎律髓彙評》（上海：上海古籍出版社，2005年）。

66. 〔元〕辛文房著、周本淳校正：《唐才子傳校正》（台北：文津出版社，1988年）。

67. 〔元〕辛文房著、傅璇琮校箋：《唐才子傳校箋》（北京：中華書局，1990年）。

68. 〔元〕夏文彥：《圖繪寶鑑》（北京：中華書局，1985年）。

69. 〔明〕元好問著、施國祁注：《元遺山詩集箋注》（北京：人民文學出版社，1989年）。

70. 〔明〕陶宗儀：《書史會要》（上海：上海書店，1984年）。

71. 〔明〕胡震亨：《唐音癸籤》，收錄於吳文治主編：《明詩話全編》（南京：江蘇古籍出版社，1997年）。

72. 〔明〕胡應麟：《詩藪》，收錄於吳文治主編：《明詩話全編》（南京：江蘇古籍出版社，1997年）。

73. 〔明〕胡應麟《少室山房筆叢》，收錄於吳文治主編：《明詩話全編》（南京：江蘇古籍出版社，1997年）。

74. 〔明〕俞弁：《逸老堂詩話》，收錄於吳文治主編：《明詩話全編》（南京：江蘇古籍出版社，1997年）。

75. 〔明〕楊慎著、王仲鏞箋證：《升菴詩話箋證》（上海：上海古籍出版社，1987年）。

76. 〔明〕吳訥、徐師曾、陳懋仁：《文體序說三種》（台北：大安出版社，1998年）。

77. 〔明〕憨山德清閱：《紫柏尊者全集》，收錄於《新編縮本乾隆大藏經》第151冊（台北：新文豐出版公司，1991年）。

78. 沈善洪主編：《黃宗羲全集》（杭州：浙江古籍出版社，2005年）。

79. 〔清〕王夫之：《薑齋詩話》，收錄於丁仲祜編訂：《清詩話》上（台北：藝文印書館，1971年）。

80. 〔清〕吳任臣撰、王雲五主編:《十國春秋》(台北:台灣商務印書館,1983 年)。

81. 〔清〕董誥等編:《全唐文》(北京:中華書局,1983 年)。

82. 〔清〕李調元編:《全五代詩》(北京:中華書局,1985 年)。

83. 〔清〕郭慶藩編、王孝魚整理:《莊子集釋》(台北:群玉堂出版事業股份有限公司,1991 年)。

84. 〔清〕趙翼:《甌北詩話》(台北:廣文書局,1971 年)。

85. 〔清〕賀貽孫:《詩筏》,收錄於郭韶虞編選:《清詩話續編》(上海:上海古籍出版社,1999 年)。

86. 〔清〕賀裳:《載酒園詩話又編》,收錄於郭紹虞編選:《清詩話續編》(上海:上海古籍出版社,1999 年)。

87. 〔清〕冒春榮:《葚原詩說》,收錄於郭紹虞編選:《清詩話續編》(上海:上海古籍出版社,1999 年)。

88. 〔清〕王士禛:《池北偶談》外三種(上海:上海古籍出版社,1993 年)。

89. 〔清〕王士禛原編、鄭方坤刪補、〔美〕李珍華點校:《五代詩話》(北京:書目文獻出版社,1989 年)。

90. 〔清〕王國維原著、滕咸惠校注:《人間詞話新注》(台北:里仁書局,1994 年)。

91. 〔清〕張佩芳修、劉大櫆纂:《歙縣志》(台北:成文出版社,1975 年)。

92. 〔清〕葉德輝輯:《秘書省續編到四庫闕書目》,收錄於嚴靈峰編輯:《書目類編》(一)(台北:成文書局,1978 年)。

93. 丁仲祜編訂:《清詩話》(台北:藝文印書館,1971 年)。

94. 郭紹虞編選:《清詩話續編》(上海:上海古籍出版社,1999 年)。

95. 徐蜀選編:《二十四史訂補》(北京:書目文獻出版社,1996 年)。

96. 何文煥編訂:《歷代詩話》(台北:藝文印書館,1971 年)。

97. 《全唐詩》(北京:中華書局,1996 年)。

98. 《全唐詩》(本書據康熙揚州詩局本剪貼縮印)(上海:上海古籍出版社,1990 年)。

99. 《全唐詩季振宜寫本》,收錄於故宮博物院:《故宮珍本叢刊》(海南出版社,2000 年)。

100. 《全宋詩》(北京:北京大學出版社,1998 年)。

101. 《四庫全書》(上海:上海古籍出版社,1987 年)。

102. 《景印文淵閣四庫全書》（台北：台灣商務印書館，1983 年）。

103. 《武英殿本四庫全書總目提要》（台北：台灣商務印書館，1983 年）。

104. 《續修四庫全書》（上海：上海古籍出版社，2002 年）。

105. 《四部叢刊初編》（台北：台灣商務印書館，1975 年）。

106. 《百部叢書集成　金華叢書》（台北：藝文印書館，1968 年）。

107. 《歷代畫家詩文集》：（台北：台灣學生書局，1975 年）。

二、專　書（按作者姓氏筆劃排列）

1. 丁福保編：《佛學大辭典》（台北：天華出版事業股份有限公司，1984 年）。

2. 小林太市郎：《禪月大師の生涯と藝術》（東京：創元社，1949 年）。

3. 王雲五主編：《樂府古辭考》（台北：台灣商務印書館，1970 年）。

4. 王元明主編：《劉禹錫詩文賞析集》（四川：巴蜀書社，1989 年）。

5. 王運熙、楊明：《隋唐五代文學批評史》（上海：上海古籍出版社，1994 年）。

6. 王敏華：《中國詩禪研究》（桂林：廣西師範大學出版社，1997 年）。

7. 王樹海：《禪魄詩魂：佛禪與唐宋詩風的變遷》（北京：知識出版社，2000 年）。

8. 王秀林：《晚唐五代詩僧群體研究》（北京：中華書局，2008 年）。

9. 尤袤：《全唐詩話》（北京：中華書局，1985 年）。

10. 文津編輯部：《唐詩瑣語》（台北：文津出版社，1985 年）。

11. 中國古典文學研究會主編：《古典文學》（台北：臺灣學生書局，1984 年）。

12. 白鋼主編、俞鹿年著：《中國政治制度通史》（北京：人民出版社，1996 年）。

13. 古遠清、孫光萱：《詩歌修辭學》（台北：五南圖書出版有限公司，1997 年）。

14. 〔美〕安伯托・艾可（Umberto Eco）著、彭淮棟譯：《美的歷史》（台北：聯經出版社，2006 年）。

15. 〔美〕安伯托・艾可（Umberto Eco）著、彭淮棟譯：《醜的歷史》（台北：聯經出版社，2008 年）。

16. 朱光潛：《詩論》（台北：漢京文化事業有限公司，1982 年）。

17. 朱鳳玉：《王梵志詩研究》（台北：台灣學生書局，1987 年）。

18. 曲德來、遲文浚、冷衛國主編：《歷代賦廣選新注集評》（瀋陽：遼寧人民出版社，2001 年）。

19. 李建崑：《中晚唐苦吟詩人研究》（台北：秀威資訊科技股份有限公司出版，2005 年）。

20. 李建崑：《韓孟詩論叢》（台北：秀威資訊科技股份有限公司出版，2005 年）。

21. 李建崑：《敏求論詩叢稿》（台北：秀威資訊科技股份有限公司出版，2007 年）。

22. 李建崑：《韓愈詩探析》（臺北縣永和市：花木蘭文化工作坊，2009 年）。

23. 沈起煒：《五代史話》（北京：中國青年出版社，1985 年）。

24. 何恭上主編、馮振凱撰述：《中國美術史》（台北：藝術圖書公司，1986 年）。

25. 吳汝煜主編：《唐五代人交往詩索引》（上海：上海古籍出版社，1993 年）。

26. 吳文治：《中國文學史大事年表》（合肥：黃山書社出版，1996 年）。

27. 吳松弟：《中國移民史》（福州：福建人民出版社，1997 年）。

28. 吳在慶：《唐代文士的生活心態與文學》（合肥：黃山書社，2006 年）。

29. 吳旻旻：《香草美人文學傳統》（台北：里仁書局，2006 年）。

30. 肖馳：《中國詩歌美學》（北京：北京大學，1986 年）。

31. 肖占鵬主編：《隋唐五代文藝理論匯編評注》（天津：南開大學出版社，2002 年）。

32. 杜松柏：《禪學與唐宋詩學》（台北：黎明文化事業股份有限公司，1976 年）。

33. 杜曉勤：《20 世紀中國文學研究・隋唐五代文學研究》（北京：北京出版社，2001 年）。

34. 阮榮春編著：《中國羅漢圖》（長沙：湖南美術出版社，2000 年）。

35. 呂正惠：《芳草長亭路〈別情篇〉》（台北：月房子出版社，1994 年）。

36. 呂光華：《今存十種唐人選唐詩考》（台北縣永和市：花木蘭文化工作坊，2005 年）。

37. 佛光山文教基金會總編輯：《中國佛教學術論典》（高雄縣大樹鄉：佛光山文教基金會出版，2001 年）。

38. 周勛初主編：《唐人軼事彙編》（上海：上海古籍出版社，2006 年）。

39. 周裕鍇：《中國禪宗與詩歌》（上海：上海人民出版社，1992 年）。

40. 周生亞：《古代詩歌修辭》（北京：語文出版社，1995 年）。

41. 金丹元：《禪意與化境》（上海：上海文藝出版社，1993 年）。

42. 林麗娟：《杜甫詠懷詩學研究》（高雄：高雄文化出版社，1991 年）。

43. 林淑貞：《中國詠物詩「託物言志」析論》（台北：萬卷樓圖書公司，2002 年）。

44. 尚永亮：《元和五大詩人與貶謫文學考論》（台北：文津出版社，1993 年）。

45. 尚永亮：《唐五代逐臣與貶謫文學研究》（武漢：武漢大學出版社，2007 年）。

46. 性空法師：《四聖諦與修行的關係──《轉法輪經》講記》（嘉義：財團法人安慧學苑文教基金會附設香光書鄉出版社，2003 年）。

47. 松浦友久著，孫昌武、鄭天剛譯：《中國詩歌原理》（台北：洪葉文化事業有限公司，1993 年）。

48. 房銳主編：《晚唐五代巴蜀文學論稿》（成都：巴蜀書社，2005 年）。

49. 胡適：《白話文學史》（北京：東方出版社，1996 年）。

50. 胡遂：《佛教與晚唐詩》（北京：東方出版社，2005 年）。

51. 胡遂：《佛教禪宗與唐代詩風之發展演變》（北京：中華書局，2007 年）。

52. 俞劍方：《中國繪畫史》（台北：台灣商務印書館，1970 年）。

53. 郁賢皓：《唐刺史考全編》（合肥：安徽大學出版社，2000 年）。

54. 故宮博物院：《故宮珍本叢刊》（海南出版社，2000 年）。

55. 柳惠英：《唐代懷古詩研究》（臺北縣永和市：花木蘭文化工作坊，2009 年）。

56. 孫昌武：《唐代文學與佛教》（西安：陝西人民出版社，1985 年）。

57. 孫昌武：《詩與禪》（台北：東大圖書股份有限公司，1994 年）。

58. 孫昌武：《禪思與詩情》（北京：中華書局，2006 年）。

59. 孫昌武：《佛教與中國文學》（第 2 版）（上海：上海人民出版社，2007 年）。

60. 孫克寬編：《分體詩選　附：學詩淺說》（台北：台灣學生書局，1983 年）。

61. 高崎富士彥編：《日本の美術：羅漢圖》（東京都新宿區：至文堂，1985 年〔昭和 60 年〕）。

62. 夏傳才：《詩經語言藝術新編》（北京：語文出版社，1998 年）。

63. 張壽鏞、楊家駱主編：《四明叢書》（台北：國防研究院、中華大典編印會合作出版，1966 年）。

64. 張曼濤主編：《佛教藝術論集》（台北：大乘文化出版社，1978 年）。

65. 許總：《唐詩體派論》（台北：文津出版社，1994 年）。

66. 許總：《唐宋詩體派論》（南昌：江西人民出版社，2008 年）。

67. 許鋼：《詠史詩與中國泛歷史主義》（台北：水牛圖書出版事業有限公司，1997 年）。

68. 陳清香：《羅漢圖像研究》（台北：文津出版社，1995 年）。

69. 陳伯海：《唐詩學引論》（上海：知識出版社，1988 年）。

70. 陳伯海主編：《唐詩匯評》（杭州：浙江教育出版社，1996 年）。

71. 陳伯海、蔣哲倫主編，倪進等著：《中國詩學史》隋唐五代卷（廈門：鷺江出版社，2002 年）。

72. 陳光磊等著、宗廷虎、陳光磊主編：《中國修辭史》（長春：吉林教育出版社，2007 年）。

73. 陳松雄：《齊梁麗辭衡論》（台北：文史哲出版社，1986 年）。

74. 郭楊：《唐詩學引論》（南寧：廣西人民出版社，1989 年）。

75. 國立故宮博物院編輯委員會：《故宮書畫圖錄（一）》（台北：國立故宮博物院，1989 年）。

76. 淡江大學中文系主編：《晚唐的社會與文化》（台北：台灣學生書局，1990 年）。

77. 傅璇琮、張忱石、許逸民編撰：《唐五代人物傳記資料綜合索引》（台北：文史哲出版社，1993 年）。

78. 覃召文：《禪月詩魂——中國詩僧縱橫談》（北京：三聯書店，1994 年）。

79. 程亞林：《詩與禪》（南昌：江西人民出版社，2000 年）。

80. 褚斌杰主編：《《詩經》與楚辭》（北京：北京大學出版社，2003 年）。

81. 黃永武：《字句鍛鍊法》（台北：洪範書店，2002 年）。

82. 曾進豐：《晚唐詩的鋒芒與光彩：以社會詩及風人體為例》（台南：漢風出版社，2003 年）。

83. 彭萬隆：《唐五代詩考論》（杭州：浙江大學出版社，2006 年）。

84. 項楚著：《敦煌詩歌導論》（成都：巴蜀書社，2001 年）。

85. 湯次了榮著、豐子愷譯：《大乘起信論新譯》（台北：天華出版公司，

1981 年）。

86. 萬曼：《唐集敘錄》（台北：明文書局，1982 年）。

87. 葉太平：《中國文學之美學精神》（台北：水牛圖書出版事業有限公司，1998 年）。

88. 葉舒憲主編：《文學與治療》（北京：社會科學文獻出版社，1999 年）。

89. 楊樹藩：《唐代政制史》（台北：國立政治大學出版委員會出版、正中書局發行，1988 年）。

90. 楊成鑒：《中國詩詞風格研究》（台北：洪葉文化事業有限公司，1995 年）。

91. 楊曾文：《唐五代禪宗史》（北京：中國社會科學出版社，1999 年）。

92. 楊新：《五代貫休羅漢圖》（北京：文物出版社，2008 年）。

93. 聖嚴法師：《禪與悟》（台北：法鼓文化事業股份有限公司，1999 年）。

94. 聖嚴法師：《戒律學綱要》（台北：法鼓文化事業股份有限公司，1999 年）。

95. 趙義山、李修生主編：《中國分體文學史》（上海：上海古籍出版社，2003 年）。

96. 廖美雲：《元白新樂府研究》（台北：台灣學生書局，1989 年）。

97. 蔣寅：《大曆詩人研究》（北京：中華書局，1995 年）。

98. 蔡瑜：《唐詩學探索》（台北：里仁書局，1998 年）。

99. 鄭頤壽主編：《文藝修辭學》（福州：福建教育出版社，1993 年）。

100. 錢穆：《國史大綱》（台北：國立編譯館，1964 年）。

101. 錢鍾書：《談藝錄》（台北：書林出版有限公司，1999 年）。

102. 賴永海：《佛道詩禪——中國佛教文化論》（北京：中國青年出版社，1990 年）。

103. 賴玉樹：《晚唐五代詠史詩之美學意識》（台北：秀威資訊科技股份有限公司出版，2005 年）。

104. 盧清青：《齊梁詩探微》（台北：文史哲出版社，1984 年）。

105. 薛天緯：《唐代歌行論》（北京：人民文學出版社，2006 年）。

106. 蕭占鵬：《韓孟詩派研究》（台北：文津出版社，1994 年）。

107. 蕭麗華：《唐代詩歌與禪學》（台北：東大圖書股份有限公司，1997 年）。

108. 羅宗強：《隋唐五代文學思想史》（北京：中華書局，2003 年）。

109. 嚴靈峰編輯：《書目類編》（台北：成文書局，1978 年）。

110. 龔雋：《《大乘起信論》與佛教中國化》（台北：文津出版社，1995年）。

三、期　刊（按作者姓氏筆劃排列）

1. 王定璋：〈骨氣渾成　意境卓異——論貫休和他的詩歌〉，《西南民族學院學報》哲學社會版（1990 年第 2 期）。

2. 王思熙：〈一身傲骨的貫休〉，《經典雜誌》（2004 年）。

3. 王秀林：〈晚唐五代詩僧的「吟癖」及其成因〉，《首都師範大學學報》社會科學版（2004 年第 5 期）。

4. 王秀林：〈貫休官職考〉，《中國典籍與文化》（2005 年 1 月）。

5. 王秀林、劉國民：〈經天緯地物——晚唐五代詩僧的「尊詩觀」〉，《求索》（2005 年 2 月）。

6. 王峰：〈從貫休的《行路難》看佛儒之融合〉，《文教資料》（2006 年 3 月號下旬刊）。

7. 毛建波：〈貫休《十六羅漢圖》的創作背景與圖式價值〉，《中國書畫》（2004 年 7 期）。

8. 田道英：〈貫休羅漢畫流傳狀況初探〉，《四川師範大學學報》社會科學版第 32 卷第 6 期（2005 年 11 月）。

9. 〔日〕市原亨吉：〈中唐初期江左的詩僧〉，《東方學報》第 28 冊（1958 年 4 月）。

10. 朱學東：〈“賢聖無他術　圓融只在吾”——唐末五代詩僧貫休詩論探微〉，《運城高等專科學校學報》第 20 卷第 4 期（2002 年 8 月）。

11. 刑東風：〈南宗禪學研究〉，收錄於佛光山文教基金會總編輯：《中國佛教學術論典㉗》（高雄縣大樹鄉：佛光山文教基金會出版，2001 年）。

12. 任元彬：〈唐末五代的詠史詩〉，《中國人民大學學報》（2000 年第 1 期）。

13. 任二北：〈王梵志詩校輯序〉，《揚州師院學報》（1982 年）。

14. 李寶玲：〈貫休詩中書畫美的表現〉，《逢甲中文學報》（1994 年 4 月）。

15. 李建崑：〈中晚唐苦吟詩人探論〉，《興大中文學報》第 13 期（2000 年 12 月）。

16. 李建崑：〈姚合在晚唐詩人體派地位之評議〉，收錄於蔡英俊等著：《臺灣學術新視野──中國文學之部（一）》（台北：五南圖書公司，2007 年）。

17. 李玉珉：〈明末羅漢畫中的貫休傳統及其影響〉，《故宮學術季刊》第 22 卷第 1 期（2004 年秋季）。

18. 何興泉：〈高古奇駭　意趣盎然──貫休羅漢畫風格〉，《雲南藝術學院學報》（2003 年 2 期）。

19. 吳彩娥：〈「極玄集」的選錄標準試探〉，收錄於中國古典文學研究會主編：《古典文學》第六集（台北：臺灣學生書局，1984 年）。

20. 吳在慶：〈中晚唐的苦吟之風及其成因初探〉，《中州學刊》（1996 年第 6 期）。

21. 吳靜宜：〈天台宗與茶禪的關係〉，《台北大學中文學報》創刊號（2006 年 7 月）。

22. 林谷芳：〈騎驢要下──貫休〈羅漢圖〉〉，《藝術家》第 389 期（2007 年 10 月）。

23. 林元白：〈貫休的生平及其詩〉，《海潮音》第 73 卷 12 期（1992 年 12 月）。

24. 林祐伊：〈山河變色　人事已非──從悼亡詩看明清鼎革之際的悼亡現象〉，《史匯》第十二期（2008 年 9 月）。

25. 金平：〈古相奇特　古怪超凡──評貫休《十六羅漢像刻石》〉，《浙江工藝美術》（2002 年第 2、3 期）。

26. 周學農：〈入世、出世與契理契機〉，收錄於佛光山文教基金會總編輯：《中國佛教學術論典⑧》（高雄縣大樹鄉：佛光山文教基金會出版，2001 年）。

27. 胡大浚：〈貫休的邊塞詩作與晚唐邊塞詩〉，《河西學院學報》第 23 卷第 6 期（2007 年）。

28. 胡昌健：〈五代前蜀詩書畫家貫休〉，《四川文物》（1995 年第 2 期）。

29. 徐志華：〈論儒釋互滲的貫休詩〉，《湖南科技學院學報》第 26 卷第 7 期（2005 年 7 月）。

30. 徐一智：〈吳彬十六羅漢畫和貫休十六羅漢畫之比較研究〉，《史匯》第 4 期（2000 年 8 月）。

31. 徐庭筠：〈唐五代詩僧及其詩歌〉，《唐代文學研究》第 1 輯（太原：山西人民出版社，1988 年 3 月）。

32. 馬凌霜：〈貫休入蜀的時間及生卒年補証〉，《文學遺產》1981 年第 4 期（北京：中華書局，1981 年 12 月出版）。

33. 張敏：〈法眼慧心話人性──略論貫休征戍詩中的人性思想〉，《阜陽師範學院學報》社會科學版（2003 年第 3 期）。

34. 張菁：〈唐代僧侶的游方與文化〉，《江海學刊》（1993 年第 6 期）。

35. 張興武：〈論五代詩在中國詩歌發展史上的位置〉，《西北師大學報》（社會科學版）第 32 卷第 3 期（1995 年 5 月）。

36. 崔劍煒：〈中國古代悼亡詩初探〉，《西藏民族學院學報》社會科學版（1999 年第 1 期）。

37. 彭雅玲：〈詩語與修悟──以皎然、貫休、齊己三位詩僧的詩歌為討論中心〉，鄭志明編：《宗教藝術、傳播與媒介》（嘉義：南華大學宗教文化研究中心，2002 年 1 月）。

38. 彭雅玲：〈唐宋人對於「詩僧」一詞的指涉及相關問題之反省〉，《第二屆通俗文學與雅正文學全國學術研討會論文集》，國立中興大學中國文學系主辦（台北：新文豐出版股份有限公司，2001 年 2 月）。

39. 彭萬隆：〈五代詩歌的思想意義〉，《安徽師大學報》第 21 卷第 2 期。

40. 程裕禎：〈唐代的詩僧和僧詩〉，《南京大學學報》哲學社會科學（1984 年第 1 期）。

41. 湯貴仁：〈唐代僧人詩和唐代佛教世俗化〉，中國唐代文學學會、西北大學中文系主辦：《唐代文學論叢》總第七輯（西安：陝西人民出版社，1986 年 1 月）。

42. 黃艷紅：〈淺論貫休《山居詩二十四首》〉，《樂山師範學院學報》第 19 卷第 4 期（2004 年 4 月）。

43. 黃世中：〈略論詩僧貫休及其詩〉，《浙江師範學院學報》（1984 年第 2 期）。

44. 黃緯中：〈中晚唐的草書僧〉，收錄於淡江大學中文系主編：《晚唐的社會與文化》（台北：台灣學生書局，1990 年）。

45. 賀中復：〈五代十國的溫李、貫姚詩風〉，《中國古代、近代文學研究》（1996 年 6 期）。

46. 賀中復：〈論五代十國的宗白詩風〉，《中國社會科學》（1996 年第 5 期）。

47. 普慧：〈走出空寂的殿堂──唐代詩僧的世俗化〉，《語文學刊》（1997 年第 5 期）。

48. 福井敏：〈唐末五代詩僧研究──貫休・齊己を中心として──〉，《大谷大學大學院研究紀要》第 15 號（1998 年 12 月）。

49. 楊昇：〈論晚唐詩僧的「苦吟」之風〉，《江西科技師範學院學報》（2006 年 2 月第 1 期）。

50. 楊新：〈新發現貫休《羅漢圖》研究〉，《文物》（2008 年第 5 期）。

51. 楊玉成：〈後設詩歌：唐代論詩詩與文學閱讀〉，《淡江中文學報》第 14 期（2006 年 6 月）。

52. 楊道明：〈貫休詩論〉（上、下），《廣西師範大學學報》社科版（1986 年 4 月）。

53. 葉樹發：〈試論晚唐詩歌的人情味〉，《廣東教育學院學報》（1995 年第 4 期）。

54. 趙榮蔚：〈唐代詩僧七家詩文別集提要〉，《圖書館論壇》第 26 卷第 6 期（2006 年 12 月）。

55. 儀平策：〈中國詩僧現象的文化解讀〉，《山東大學學報》哲學社會科學版（1994 年第 2 期）。

56. 劉京臣：〈貫休樂府詩探微〉，《濰坊教育學院學報》第 18 卷第 4 期（2005 年第 4 期）。

57. 劉炳辰：〈貫休詩的世俗化特征〉，《南都學壇》人文社會科學學報第 27 卷第 3 期（2007 年 5 月）。

58. 劉芳瓊：〈貫休詩歌訂補〉，《文獻》1991 年第 3 期（北京：書目文獻出版社，1991 年 7 月）。

59. 戴偉華：〈貫休行年考述〉，《揚州師院學報》社會科學版（1992 年第 2 期）。

60. 羅宗濤：〈貫休與唐五代詩人交往詩淺談〉，收錄於中華文化復興運動總會宗教研究委員會編印：《佛教與中國文化國際學術會議論文集下輯》（台灣：台北縣新莊市，1995 年 7 月）。

61. 羅宗濤：〈皎然貫休齊己詩中的花〉，財團法人佛光山文教基金會主編：《1994 年佛教研究論文集：佛與花》（高雄縣：佛光出版社，1996 年 2 月）。

62. 羅宗濤：〈唐五代詩僧之夢初探〉，《國立政治大學學報》第 73 期（1996 年 10 年）。

63. 羅家欣：〈不是為窮常見隔，祇應嫌醉不相過——從貫休詩作探討其宦遊之心〉，《國文天地》第 24 卷第 2 期（2008 年 7 月）。

64. 羅家欣：〈論貫休詩歌中的少年意象〉，《文學前瞻》第 9 期（2009 年 7 月）。

65. 羅香林：〈晚唐貫休繪十六羅漢應真像石刻述證〉，收錄於張曼濤主編：《佛教藝術論集》（台北：大乘文化出版社，1978 年）。

66. 釋明復：〈貫休禪師生平的探討〉，《華崗佛學學報》第 6 期（台北：中華學術院佛學研究所，1983 年）。

四、兩岸學位論文（按作者姓氏筆劃排列）

1. 王家琪：《皎然詩研究》（台中：國立中興大學中國文學系碩士論文，1999 年）。

2. 王秀林：《晚唐五代詩僧群體研究》（上海：復旦大學中國語言文學系博士論文，2003 年）。

3. 田道英：《釋貫休研究》（四川大學中國古典文獻學博士論文，2002 年）。

4. 朱我芯：《詩歌諷諭傳統與唐代新樂府研究》（台中：東海大學中文學系博士論文，2004 年）。

5. 吳双双：《貫休思想及其文學創作初探》（廈門大學中國古代文學碩士學位論文，2007）。

6. 胡玉蘭：《唐代詩僧文學批評研究》（浙江大學中國古代文學博士論文，2006 年）。

7. 查明昊：《轉型中的唐五代詩僧群體》（杭州：浙江大學中國古典文獻學博士論文，2005 年）。

8. 張海：《貫休研究》（四川師範大學中國古典文獻學碩士論文，2001 年）。

9. 黃艷紅：《貫休詩歌研究》（陝西師範大學中國古代文學碩士論文，2005 年）。

10. 黃秀琴：《唐代詩禪相互影響論》（中壢：國立中央大學中國文學研究所碩士論文，1997 年）。

11. 曾議漢：《禪宗美學研究》（台北：中國文化大學哲學研究所博士論文，2004 年）。

12. 彭雅玲：《唐代詩僧的創作論研究──詩歌與佛教的綜合分析》（台北：政治大學中國文學系博士論文，1998 年）。

13. 謝曉安：《齊己詩研究》（高雄：國立高雄師範大學國文學系碩士論文，2000 年）。

五、網路資源

1. 故宮寒泉：http://libnt.npm.gov.tw/s25/

2. 依韻入詩：http://cls.hs.yzu.edu.tw/MakePoem/default.htm

3. 教育部重編國語辭典修訂本：http://dict.revised.moe.edu.tw/